博客思出版社

初心。

整形外科 楊沂勳醫師的偏鄉隨筆 2

楊沂勳 著

目錄

第三篇 我的成長 101

第四篇 偏鄉醫療 139

推薦序　愛爾麗的一塊瑰寶

寫作出書是他的樂趣，也是觀念的充分交流。愛爾麗集團整型外科醫師楊沂勳，是醫師，也是作家。初心一書，道盡了他的心路歷程。完整地描繪了中心思想，串起內心深處的人生觀。

楊醫師，文筆流暢，言簡意賅；段落分明，布局精準。很難得的是，他不僅是良醫，同時更是出色的文字創作者。

作為一位醫師，楊沂勳在工作上，不馬虎、不匆趕、不妥協的價值觀，牢牢烙印在他的人生座右銘。這是對患者的一種信守，也是對自己的一份堅持。

作為一位作家，楊沂勳透過細膩的筆尖，毫不保留地剖析本身的內心世界，傳達人性表徵的思維，企盼與讀者產生情感與理性的共鳴。

著名的法國德裔學者史懷哲，擁有哲學、醫學、神學、音樂四個博士學位，被公認是十九世紀的人道主義者。他曾說過：「我的生命對我來說，充滿了意義；我身旁的這些生命，一定也有相當重要的生命意義。」

仔細觀察楊沂勳醫師的投手舉足，以及待人處世態度，似乎擁有史懷哲的影子。悲天憫人，宅心仁厚，是他最基本的信念。

莊子以道為本，萬物齊一的思想，不無影響他對於人道與文化的執著。

初心，看得出楊醫師從小就懷有逆向思考，觀察驗證的天分。及至成長，更對細微事物的掌控，有了正確的價值判斷。這點，對他的醫療工作，以及寫作，助益頗大。

昔日，走過山之巔，海之涯。日暮蒼山，晚霞波濤。隨著他的足跡，踏遍偏鄉，步過孤島。為的是視病如親，體現走入醫療資源不足的荒漠，貢獻出一份人道心力。

楊沂勳醫師，是愛爾麗集團的一塊瑰寶，也是醫療界的一顆珍珠。希望他能持續不斷的寫書，讓大家有機會分享他那妙筆生花的佳文。

愛爾麗集團董事長　常如山

總經理　劉貞華

推薦序　文人科學家

楊沂勳醫師在義大醫院完成整形外科訓練之後，有多處醫療機構向他招手。後來因緣際會，他選擇到屏南地區的鄉鎮貢獻所學。

枋寮，是南台灣進入恆春半島的交通重鎮，漁業與交通業繁榮，長時間沒有固定在地的整形外科醫師。

因此遇到需要專業整形外科醫療的時候，必須轉院到外縣市，也是當地居民長時間以來的遺憾。

到一個沒有整形外科的鄉鎮、地方醫院服務，一切醫療業務都要從零、由他帶領而起。

楊醫師在鄉鎮服務期間，誠懇地對待民眾，廣獲好評，也曾經為困苦的病患家庭發起募捐活動、幫助困苦家庭，真真實實地做的遠超過一個醫師本該服務的範圍，苦民所苦。此外，更完成了多起以前在地方醫院不可能做到的重建手術、顯微手術、皮瓣手術、海洋弧菌感染的清瘡手術……等等高難度的醫療服務，都能讓當地民眾可以安心的在地接受治療，享受到有醫學中心等級的手術技術與服務，不再需要轉到外縣市造成家庭分離。

楊醫師就像是南台灣守護神一般的存在，也廣受當地的民眾好評。從楊醫師平常的臉書發文，能夠感受到他的心思細膩，對於週遭的人事物觀察入微，妙筆生花。

一位醫師在每日繁忙的工作之餘，仍不忘提筆寫作紀錄與闡述想法，著實是一位文人科學家。

個人十分推薦大家，他的第二本書：《初心——整形外科楊沂勳醫師的偏鄉隨筆2》讓您深入體會一位感性醫師的文字世界。

萊佳形象美學診所總院長　許英哲醫師

小志的異想世界

一、你會這樣嗎？

有人會這樣嗎？

我記得，我國小一、二年級的時候，在家裡很無聊，不知道要幹嘛。後來，想要躲在沙發下，想要觀察一下家人們，如果發現我不見了，會怎麼樣？

後來，我就真的躲在沙發下，躲了好久好久……。

直到傍晚，家裡的人陸陸續續回來，發現我不見了。爺爺、奶奶、爸爸、媽媽、姑姑、嬸嬸、叔叔全家大小……等等。急急忙忙的在找我，我還是躲在沙發下不動聲色，一直等到，他們找了好幾個小時後。我才緩緩的從沙發底下爬出來……，說：

「我在這裡很久了……」

（真人真事……）

我記得我那一躲，就是半天。

**

長大後，進入國高中，其實每次段考壓力都很大。尤其到了最後的高中聯考、大學聯考，心理上的壓力真的不小。雖然那時候自己還是個孩子，不過我也知道這些大考、聯考，關係著自己一輩子的走向。可能差幾十分，或是幾題的對錯，人生會有不同的走向。

每每想到，其實那時候自己的壓力，應該真的很大。

我最討厭的是，每每大考，告訴自己絕對不能出錯的時候，我的腦袋，好像故意就會跑出另一個聲音，說：

「誒，如果我們來搞砸這個大考會怎樣？你這輩子會怎樣？」

那時候，越是大考，越會有這樣，自我質疑的聲音出現。尤其，會出現在考試當下。我那時候真的很困擾，已經在忙搶時間解題了，還會有這樣，自我質疑的聲音出現，真的很痛苦……。

那種感覺，像是跳脫自己，用第三人稱，從天空俯瞰自己當下，在人生一個重要轉捩點的時候。很怪異。

也記得國高中壓力很大的時候，好不容易，大考後有機會去電影院看電影。席間每當大家都很安靜，靜悄悄、全神貫注在看大螢幕的時候，我那時候總會有一股衝動，想要大叫～～～！！！

因為，我想要看看，用第三人稱的角度看看，如果我大叫之後，嚇到周邊的人之後，我如果被歸類為「異常」之後，我看似前途似錦的人生，會有怎樣的變化，或是變成如何的岔路，我很好奇。

哈……我那時候，是不是很變態？

＊＊

其實大學之後，這樣的聲音，就漸漸的淡去和不見了。長越大，讀的書越來越多之後，我漸漸對自己國高中時候，腦袋有怪異的想法竄入，有了一些見解和解釋。其實，那時候的我，應該是壓力真的很大，所以才會有這樣自我懷疑，跟自我質疑的聲音出現，像是冒牌者症候群。好在，「本我」代表慾望、「自我」負責處理現實世界、「超我」是良知或道德判斷，那時候，我的「超我」，還是 override 我的「本我」，所以最後呈現出來的「自我」，還能符合社會規範，不至於失序、不至於像是個瘋子。大腦的 disinhibition，還能被守住，不會脫序～。不會像喝完酒的人，想幹嘛就幹嘛，跟動物沒兩樣。

＊＊

其實長大後回想，可能當時 brain 的突觸和神經連結，相對不穩定，才會有這樣奇奇怪怪，想要讓自己出糗的聲音出現。而這樣自我質疑的聲音，後來想想其實就是，那時候還是孩子的我，壓力太大了。知道這樣子的大考，會一試定終身，可能那時候我的身心靈還承受不太起這樣的壓力。

長大後想想，自己可以安然的渡過那些年、那些事，真的覺得，很慶幸。一個孩子社會化的過程，如果偶然的失序、沒有接受那樣，學校和社會給予的規則和教條，會不會就被歸類為「不正常」？我想那時候，我主要是想挑戰這個思維吧……

唉……，不知道有沒有人曾經和我一樣，有這樣自我批判、自我質疑，甚至，想要看自己出糗的聲音出現？

雖然大學以後就沒有了，不過有時想到那時候的自己，真的很辛苦……。

如果啊，你們有學齡時候的孩子，壓力很大時候，要想一想如何幫助孩子。不然，可能會有失序的行為出現……。像我一樣。

阿不～我都只是想，還沒做出來呀～～

二、天選之人

我被野狗追著、牠們齜牙裂嘴著，我一路狂奔到紅色磚牆內，想說，哪裡比較多奧援，許多大人在哪裡抬槓，野狗們看到，應該會知難而退吧？或是大人們會出面解圍，畢竟他們是大人，不出面解圍，好像也說不過去。

我末日狂奔著，不過狗狗們大概只有追了三十～五十公尺。

偷懶！

後續就氣喘吁吁、自顧自盼的，躺回陽光下的泥地，曬著太陽、咬咬自己的屁屁。

有跳蚤在肆虐的屁股。

我能想像狗狗的抓癢時候的爽快，因為我身上也有相同的受器。

牠們等待著下一個獵物。

小孩、摩托車、阿桑，或是撿破爛的老人。

說真的，我觀察很久了。

青壯年或是成年男子，牠們不太敢追。

牠們也是獨具慧眼。

狗眼看人低不是在說假的。

追完、追玩了人類的遊戲後，完成了這個儀式感。牠們還能保有遠古時代、洪水猛獸的天性，滿足一下自己不安分的靈魂。或是，被主人踹打時候，鬱悶的心情。轉移到被追逐的人身上，稍稍一吐為快。

狗狗們其實也是在心理治療著，我懂，我不怪你，不要咬到我就好，我們都是作作樣子。

下午，我跟鄰居的小孩們，趴在沙地上打打彈珠。

說真的，直到今天我還不是很明瞭，那個規則到底是什麼？

為什麼每次講的都不一樣？

隔壁那個稍長的屁孩，聽到了嗎？

我只知道，把彈珠對撞後，彈到另一個小沙坑就對了。

其實我懷疑著，我們這群屁孩，根本沒人真的懂得遊戲規則。

只是，有人假裝懂，有人知道我不知道、有人知道、可能大家都不知道，但就靜觀其變，成就大局。只要讓遊戲順利進行。

我是第三個。

畢竟嘛！我那時候十歲不到，是大人眼裡的小孩，我總不能表現的太早熟吧？會嚇到人，國安局會來介入，我可能會被抓去解剖研究。委屈求全，那時候我已經認知到。

陪陪屁孩們打打彈珠後，我帶著他們去爬樹。

我們爬到大榕樹上，我們大概都離地兩公尺以上。

我印象記得，那大榕樹應該有四層樓高吧？

我常常掛在、躺在大大的樹幹上，一躺就是幾個小時。看著樹葉光影、小蟲在爬、螞蟻辛勤工作走著。說真的，工蟻基因被寫入了這樣的程式，無日無夜的工作著，我也是為牠難過。我想到了人類的大人們？

雖然樹蔭茂密的大榕樹，看起來有點恐怖，像是倩女幽魂裡古老的大樹，在它旁邊或是樹上，總是陰颼颼的。偶還有民智未開的大人，拿著死貓的身體掛在樹枝上，更增添詭異、陰森森的感覺。真的是直打擾我的異想天地！

這群大人！大人都不大人了！

但是，每當大熱天時候，我總愛棲臥在樹上，躺個兩三個小時，怯去盛夏的酷熱，清涼透心脾～

傍晚時候，阿嬤已經煮好飯了。

對，只有飯而已，其他的菜都還沒好。
說真的，我也沒很在意其他的菜，好了沒。
那時候我常常衝進去灶頭，盛著一碗白飯、淋上一點醬油，就這樣澆香著、配著裊裊的飯香，這樣就是我的晚餐了。說真的，那時候我覺得吃飯是一個義務，不是享受，對我來說，有得吃就好了。但總要應付一下大人吧～
阿嬤煮的那些菜，現在我想來，不知道是我的味蕾還沒發育完成，還是阿嬤根本沒有放鹽巴。總覺得，廟口柑仔店的一包科學麵，屌打大人們，所謂的晚餐。
沒辦法，我那時候還是小孩子，還不能揭竿起義，不然無家可歸。

**

追著紅蜻蜓、爬到別人家圍牆內，偷摘桑葉給蠶寶寶吃。
在小溪、池塘裡玩著蝌蚪。
晚上跟一群人類的小孩。
騙騙他們，我昨天坐著無敵鐵金剛，去了月球一趟。
好不暢快！
可惜你們沒有跟來！
屁孩們惋惜著、羨慕著。

我告訴他們，我是天選之人，所以大無敵金剛找上了我。

我能做的，就是稍稍帶你們去月球兜風。

你們不能變成 the one，很可惜。

其實他們都相信了。

我也不知道能騙多久。

**

我常常在家前面的大庭園跑著，跑一跑，突然跳起來，同時間丟著石頭。

我總希望卡通裡的大無敵金剛，會突然的從地下飛出來接住我，然後包覆著我，在機器人裡面，之後開始我們鏟奸除惡的任務。

跑跳一次沒效之後，我跑兩次、我跑三次。

每次都越跑越快、越跳越高，石頭也越丟越大力。

我氣餒著，想說到底哪個環節出了問題，為什麼大金剛不來？淦！

鄰居阿桑們，在旁邊看著我這個屁孩，不知道在幹嘛，罵我不要亂丟石頭。

我其實在笑她們看不穿，終天庸庸碌碌，在那裡講鄰居是非八卦。我準備要變身，再吵的話，變身完成後，我把妳們全部抓到月球表面放著，看妳們怎麼回來！

**

早上起來看看鏡子。

楊，幾歲了？

三十有八了。

那是我八歲的日常。

在腦海裡放映著。

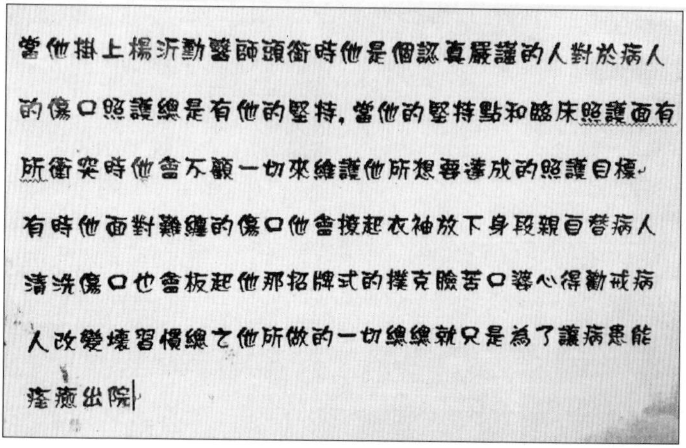
當他掛上楊沂勳醫師頭銜時他是個認真嚴謹的人對於病人
的傷口照護總是有他的堅持，當他的堅持點和臨床照護面有
所衝突時他會不顧一切來維護他所想要達成的照護目標。
有時他面對難纏的傷口他會撩起衣袖放下身段親自替病人
清洗傷口也會板起他那招牌式的撲克臉苦口婆心得勸戒病
人改變壞習慣總之他所做的一切總總就只是為了讓病患能
痊癒出院

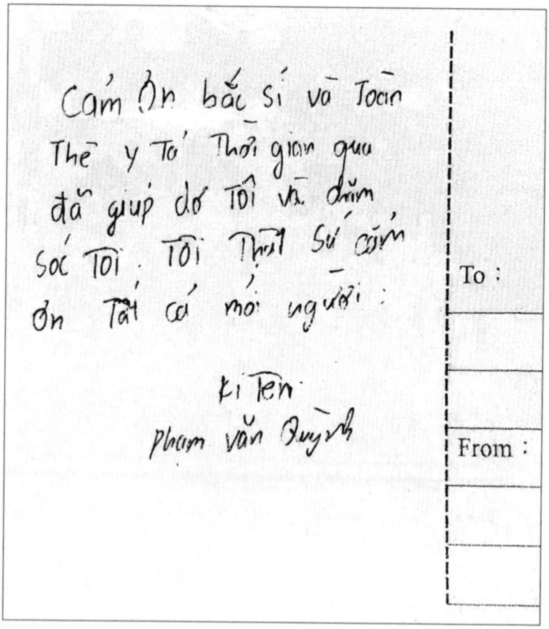
Cám ơn bắc sỉ và Toàn
Thể y Tá Thời gian qua
đả giúp đớ Tôi và chăm
sóc Tôi; Tôi Thật Sự cảm
ơn Tất cả mọi người;

Kí Tên
Phạm văn Quỳnh

To :

From :

我所看到，我所知道

一、被文化殖民後

長假即將到來，我太太問我，有想去哪裡走走嗎？繽紛韓國首爾追星、峇里島派對狂歡、長灘島陽光沙灘和水、新加坡天空樹、澳門怡情小賭、或是香港血拼等等？

我想了想並回答道，我還是比較喜歡日本。

為什麼喜歡日本？

這些日子來，我回想起來，為什麼我喜歡日本，當然除了交通便捷、安全和人民友善可親外，我更鍾情的，倒不是她高聳入雲的晴空塔、環球影城、迪士奈樂園、或子彈列車……等等，而是我喜歡這個國家保存良善的文化、優雅的氣氛、和有素養的人民、及尚未被開發破壞殆盡的自然景色。

在紐約、上海、台北、東京、曼谷、香港、洛杉磯等等這樣的大都市，對現階段的我來說，它們活像是個連鎖店般的大都市，街頭的景物、商店和餐廳，充斥著麥當勞、星巴克、7-11、Hard rock café、TGI FRIDAYS、Dior、GUCCI、Burberry、周大福……無數的跨國餐飲、服飾、彩妝和珠寶等等，常常會給我一個錯覺，我到底是在台北東區，還是在國外？

也許要真的走到市郊，才有喘息的機會看到這城市原本吸引人的面貌吧。

在日本，觀光和服務業帶動的相關產業收益，相當的可觀，如同郭台銘先生口中的製造業，製造業的價值不在製造業創造出來的毛利而已，而是製造業後續造成的群聚效應，帶動城市經濟的發展，那才是可觀驚人的。

舉世界各地來訪日本的旅客來說，大家更愛的是她那保存良好的自然生態和山光水媚、細緻的紅楓、落雨繽紛的櫻花、暖心的嵐山溫泉等等，經百年、千年而屹立不搖的古剎寺廟和人文匠心。其次才是那繁華的城市、遊樂園和藥妝。

眼光看得夠遠，才會懂得文物的保存。

有這樣的自然景觀和古文物保存，也許多見於日本政府當時的眼界，一、二戰期間，日本政府非常的積極及侵略性的開採及奪取鄰國的天然資源及礦產（道德來說，當然是不可取），卻幾乎不動到日本國土內的山林水秀資源一塊，這讓我想到美國現今對國內戰備儲油和礦物開採近乎停滯，卻很積極的採買和消費國外的原物料和石油，不謀而合。

當時日本除了戰略考量外，也可能是源自對自己文化和自然生態的珍惜，像是明治維新西化般，全力的學習和打造英美的船堅炮利外，更重要的是保存自己的文化和根基，不至於迷失掉了自己。

見樹不見林的我。

記得小時候，逢祭祀的節日來到，父母親帶著尚未高中的我來到寺廟團拜，遙想著祖先、神祇和好兄弟們，我們將許許多多的祭祀物丟入大火裡焚燒，隨著黑煙裊裊飄向遠方，我們希望可以帶給在另一端的先人，我們的心意和思念。

但看著一袋袋的白米、水果、銀錢和紙具被丟入大火裡焚燒，那時候尚且年輕氣盛的我，面露非常的不悅和鄙視的眼神，甚至是到了不能諒解的地步，我生氣的問道爸爸，「大家都知道這樣的行為是虛無的、是假的、是浪費資源的，為什麼我們還是在作這樣的粗鄙的行為、燃燒可以吃的食物？我們跟原始食人族部落的殺人祭天、擊甕叩缶和飲血茹毛，我們高明了多少？多少非洲大陸的人們沒有食物和乾淨的水可以喝，我們卻在這裡燃燒食物！我討厭這樣的文化！我們拜的神明喜歡我們這樣燃燒食物嗎？！」

只記得父親那時候淡淡的跟我說一句：「這是我們的文化，你要試著學會尊重。」

原來，我也在尋找文化。

十幾年過去了，我也成家立業，有了自己的小朋友，這些年來我也帶著妻小走訪國內外各地。漸漸的我發覺，我喜歡造訪的地點都是自然山野、富含文化的古剎寺廟，或是走訪原民的祭典，聽著他們訴說著光陰的故事，自然、純真、不矯作，尚未被大都會和全球化，這些原始面貌的文物越見流失也越彌以珍貴。

我珍惜，因為我怕來不及讓下一代知道。

前些日子，國家地理雜誌前來採訪台灣的大甲媽祖繞境，和 Discovery 頻道也前來專訪台灣平溪放天燈、鹽水蜂炮、炸寒單……等等台灣習俗文化，引起國際媒體和文史工作學者關注，並視為非常珍貴的台灣文化。在我們僅剩不多的史料文化裡，過去這些年來還被粗魯的對待，甚至被貼上標籤為庄腳人和鄉愿村民的儀式祭典，上不了檯面。我們是不是忘本了，近廟而欺神，往往還需要外國人來告訴我們自己文化的重要性？

我看輕過自己的出處。

在中學時候，我拜讀了已故大師柏楊先生的書籍——《醜陋的中國人》。那時候的我讀來非常的義憤填膺，簡直像是一拍即合般，之前隔靴搔癢般總抓不到位，現在竟然有一本書可以這麼精確地說出我內心深沉的感受！我們像是恨鐵不成鋼般，總覺得環繞周圍的都是粗陋的文化。我們該像是好萊塢影集般，舉凡食衣住行育樂，都該向美日英法學習，擁有高水準的國民素質，急起直追，超英趕美！

但現在想來，那是自卑。自卑後的憤怒，讓人見樹不見林。

我們該回到尊重自己文化的本身，不是落於羨慕外國月亮的美好，一味的看輕自己的出處，畢竟子該是不嫌母醜的。

正名運動在進行著。

直到好幾十年前，我們還在試圖推翻自己的台灣文化，我們鄙視這塊土地上的語言，台語、客語、原住民語等等；宗廟民俗、八家將、陣頭、布農族打耳祭、蜂炮等等。如今，或許政府漸漸的意識到了這是我們最彌足珍貴的台灣文化，才漸漸還給她該有的尊重和正名。

當然這些民俗活動或許有資源浪費，有些也確實是背經叛離該予以矯正，但整體來說，後續帶來的經濟效益、民眾團結、宗教社會人心穩定而有心靈寄託方向，及文化的保存，是無可計量的加成。

試著想想，你會要求西班牙奔牛節該取消嗎？

美國內華達州沙漠的火人祭危險，該被取消嗎？

日本神奈川崎神社的陽具節，低俗不堪入目該被取消嗎？

夏威夷的放水燈和泰國的清邁天燈節也不符環保自然概念，該被取消嗎？

緬甸克揚族婦女的長脖子及佩戴數十個銅頸圈，該被強行思想改造，解放嗎？

那為什麼我們會認為自己的八家將文化是三教九流的？

文化的多樣性，繫著你我世界的精采程度。

試想一整個世界和文化被統一，全像是倫敦或是雪梨大都會般，那會是多麼乏味而失去生物的多樣性阿！就達爾文演化的觀點來說也不該是這樣。

滷肉飯、珍珠奶茶、蚵仔煎、彰化肉圓、牛肉麵、臭豆腐、阿美族豐年祭、乩童問卜、頭城搶孤、鹽水蜂炮、東港燒王船、炸寒單、鹿港的送肉粽、義民祭、二結王公過火、大稻埕霞海迎城隍、乞龜保平安、歌仔戲等等，別再說這樣的食物和祭典不登大雅之室了，這些都是我們台灣最重要的文化資產。而我們首要的目標，應該落在怎樣將這文化保存、走入精緻和推向國際，不是用半洋化的眼神來鄙視自己台灣文化的珍寶，還要外國人來提點我們她的重要性。

法國人伏爾泰：「我不同意你的說法，但我誓死捍衛你說話的權利！」

而看不慣這樣台灣鄉間民俗文物的高雅人士、士紳名流和出入富貴的名媛，應該要意會到生物多樣性和宇宙趨於最大亂度的自然法則，你可以不喜歡，但是要給予尊重；不然在我看來，這樣的「高雅人士」都像那時候還尚在中學的我，只是半調子一個，離「高雅」一詞還遠的很。

（楊沂勳，台灣醫界雜誌，2018, Vol.61, No.8, P54～55.）

二、你怎麼看，叱吒一時的細菌

近日讀到老子、莊子，重視「無為」。

其實老莊的無為，不是說「不作為」，而是「做你該做的」。後續發展，順應其勢，不強求。

我們有人一生庸庸碌碌，安飴天年。

有人戰功彪炳，得罪權上，最後死於壯年或是不得善終。

總體來說，是誰比較得利？

老莊提到：我們人和萬物都是「道」。

生於自然，源於自然，展於自然，也死於自然。

老莊認為：不是死去便消失，只是回歸大自然母親的懷抱，化為自然的每一個元素。

冰雪奇緣裡說到：「水有記憶，經歷過許許多多人的身體和循環、大山大海、湖泊和山林。」

我們人的身體，七成以上是水份組成，其他是碳氫化合物等等。
我們身體的水，經歷過多少個朝代更迭，多少動植物的循環。
不是某一個人獨有，持有。
我們引以為傲的人文主義，人是萬物之主。
人的思想，是神的旨意……等等。
人是宇宙的中心。
其實都是萬物交互而成。
我們自以為的超然和自主，其實不然。
只是宇宙的一環，「道」而已。

像是一罈密封的缸水。
與外界沒有任何的接觸，不會無緣無故的突然爆裂，或是揚天飛起。
一切是內力作用，看似一個小宇宙的靜置。

五年、十年、百年，甚至千年。

但如果微觀看進去這缸水。

裡面有細菌、黴菌、酵母、微生物、甚至魚蝦、浮游生物……等等。

後續自成一格的生態圈。

岩石滿鋪青苔、而後化為土壤、長出蕨類、披出草原、植出灌木、換以喬木、而引以維生的動植物。

時間更迭，文明而生，智慧傳承和突破。

終有一天可能演化出高等智慧。

試著突破這罈密封的缸水，出來看看缸水外面的世界是如何？

才有可能，從小生物圈進入稍大的生物圈裡。

而小生物圈裡偶然的「天才細菌」誕生，像是抗藥性菌種。

可以千軍萬馬的改變當時的小生物圈。

為一時的風雲「菌」物。

那突變的「天才細菌」。

不可一世、沾沾自喜。

其實，這只是時間加成，樣本數多到一定程度之後，必定會發生的一個偶然突變。

只是剛好在這隻細菌身上。

不是這隻細菌，猶如上天欽定。

非你莫屬。

沒有你，細菌圈永世不會突變。

不是的。

沒有一個人，那麼無法被取代。

觀念回到人類。

愛因斯坦、牛頓、伽利略，到現在馬斯克，這些偉人的誕生。

用宇宙時間來看，其實都是必然會出現的革命或是突破。

如果今天不是他們，再過幾十年或是百年，還是會有其他人，來走過這些科學的奇異點。

請記住，宇宙的時間是以億萬年來看。

這幾十年、百年的差異，

如 電光石火。

像是缸水裡的「天才細菌Ａ」比「天才細菌Ｂ」早三十分鐘，突變出來。

在人類的眼裡看到「天才細菌Ａ」的沾沾自喜。

實為無感。

宇宙之母，也是這樣看待人類。

我們都是「道」的一環。

老莊思想，很深、很沉。

要靜靜的看，靜靜的想，才會有一點體悟。

三、大老闆，留一口飯給別人吧

老曹餛飩麵，市場的美食。

一個小小的店面，有數十個人在忙碌和做事。

每個員工汗如雨下，含辛茹苦，卻也甘之如飴，臉上滿是驕傲。

一碗經典不敗的餛飩麵，屹立了三、四十年，也才四十元。

破表的好吃，不在話下。

企業家和大老闆們看到這樣忙碌的人手們，想得不外乎是，如何精簡？

如何用機械手臂、SOP化、或是中央廚房料理包。

最小化成本，最大化利潤。

但，後續這些員工們何去何從？

說實在的，老闆們是不在乎的。

他們覺得，那是政府和世代更迭的責任。

吃慣大魚大肉或經典名菜後的老闆們，總會有想探訪巷弄美食或是經典小吃的時候。

無奈，這些店也會慢慢消失在洪流裡。

最大化利潤於管理階層，也最小化了市井小民僅僅能生存的空間。

不是每個人都要有特殊才藝。

也不是每個人都要功成名就。

也不是每個人都要賺大錢。

許許多多人社會化後，也甘於平凡。

只想安穩的過日子，簡單平安的幸福。

這樣的人們。

不多，八成以上的大眾、中產階級而已。

反覆的企業化、工業化、生產線化、標準化、利潤最大化的結果後，連市井小民想要平平凡凡的過日子，慢慢的也會變成奢求。

當我連基本生活和家人溫飽都有問題，社會國家也不給我。

人數多到一定程度後，就是社會動盪了。

古有云，中庸，才是萬物生息平衡的道。

我們懂得嗎？

企業家賺了大錢後，好像被人們認為，什麼都懂了。

什麼話都是被奉為圭臬。

其實，他們只是很會賺錢的商人而已。

離真正的政治哲學家，還很遠、很遠。

人生在世，不過，一簞食，一瓢飲。

睡不過一張床，吃不過一碗飯。

於貴於賤都是如此。

要這麼多、這麼多，到底要幹嘛？

留一口飯給平凡的人吃吧！

四、黑暗也在凝視著你

昨天去漢神巨蛋，在停車場，準備要開車離開之際，一台 BMW 從出入閘口後退（應該是沒繳費），停頓了近五秒後，直接殺出，要轉彎切出。

切出的瞬間，我也直行著，幾乎差點撞上（他後退停頓了好幾秒沒動作後，我才直行）。

一瞬間，我按了聲喇叭，予以警示。非長鳴那種輕點著。

有趣的事來了，幾乎是點喇叭的下一秒，BMW 開窗了。

一個約四十歲的男子，瘦瘦乾乾的，看起來是有金項鍊的那種。直盯盯的瞪著我的車，頭幾乎是整個探出車窗外，嘴巴裡念念有詞，眼神超兇狠的。

這樣維持了近十秒，我們雙方都沒有動作。

後續，他像戰勝似的，迅速拐出離開，急轉彎，帶有高頻摩擦聲的那種。

其實當時我車上是一家大小，我沒打算跟他一番折騰。

就算是車上只有我一個，也沒打算跟他，面對面的衝突。

千金之子，不死於盜賊。
暴虎馮河的人，其實最傻。
小弟我呀，識時務者為俊傑，靜觀以變。

我想，這位 BMW 仁兄，開車這樣小小的出入，就要跟人輸贏，應該是深植在他的日常裡。

我車窗很黑，沒人看的進來。
千千萬萬的車窗，也常常看不進去。
要挑軟的嗆，有點難度。
他應該是無差別攻擊。
只要裡面其中一個是 Aniki，或是，血氣方剛的小混混。
今天應該就不是這樣善了了。

垃圾人和垃圾行為，我不是不會不爽。
但，我不想要自己出手（很多方式，不是直接互嗆的那種）。
因為那叫七傷拳。

殺敵一千，自損八百。

我是覺得，早晚會有人收你。
而最後難過的，不是你本人。
因為你的病痛會好了了（台語）。
難過的，會是你的妻小，和她們以後
長久的日子。

唉……
誰來教你這一課？
貴人？
還是跟你一樣暴虎馮河的人？
祝福你的家人們。

別忘了，你在凝視黑暗車窗的同時，
黑暗也在凝視著你。
學聰明點。

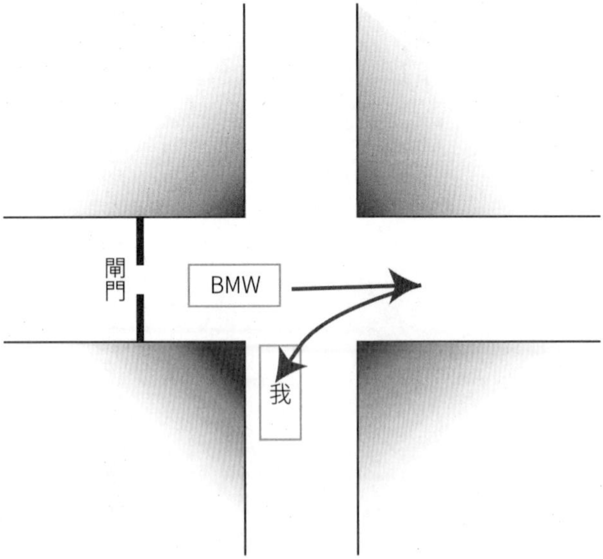

五、時勢所趨，你要去哪裡？

全球股市和天使新創基金，看到如果哪裡有機會有潛力、有合理，或是至少編織出來，看似合理的願景、夠吸引人，後續就會有大筆、大筆的錢流過去。

希望可以透過這些基金，蓬勃化這個產業和公司，待它成長之後，會有數以倍計的利潤和回饋。

資本主義自由世界，一向如此。

其實自古以來都是如此，哪裡有希望和機會，錢就會往哪裡流。後續，雨露均霑。

待尋找下一個，可以錢滾錢的地方而走。

如果用這樣的觀點來看醫療，好像也無法逃脫，立於超然。

在醫美和各科自費相關高利潤的區塊裡，相對於鑽研於健保裡的利潤高出許多，產業也蓬勃許多。

不要批判。

這只是一個客觀的事實。

昨天在開刀房，跟其他科醫師聊天。

他們談到南科區域的發展性。

有人做足了功課：區域的人口結構、幼稚園、星巴克進駐、超商目前五六間、市府已規劃中小學……等等。

雖然目前尚偏荒蕪，不過資金和後續規劃已經一一到位。

嗅到味道的人，已經像豺狼，四處低身、伏地待勢，就等台積電等大廠的東風肥肉，大家就會一蹓而上，大快朵頤這樣的時機財了。

該醫師的重點是，那個區域，目前沒有任何一家診所，就是豬在風頭上也會飛，一定賺！

曾幾何時。

醫師只要好好的，做好自己份內的臨床工作，就不用擔心日後，家庭生計的問題。

在我們的年代，好像不是如此。
我們這個世代的醫師，每年產出兩千位上下。
十年，就是兩萬位新血。
如果你只是一般的醫師（自己認為自己很特別不算啊～～，我應該就是這種……）
就只能被健保規劃為，高級公務員的薪資擘劃遠景裡。
你是什麼總統醫療後援團裡的誰都一樣啦……。
毫無還手之力。
所以如何慢慢的走入自費市場，用實力來見真章，才是能跳脫，日益困頓的健保泥淖裡，是一個重要的方向。
談話間，有些醫師說到：「我打算異業結合，或是中年以後轉業。」
他必須要為那個方向作準備。
席間令人聽來，不免唏噓。
曾幾何時，曾幾何時。

不是醫師們怕競爭。
怕一批批的新血，加入這個大家庭。
而是量體大了，每個人本來就不再那麼重要。
這是很簡單的道理。

缸槽裡就那一盆米，這麼多人來分。
不是醫師貪婪，而是能分的米，越來越少、越來越少……。
健保醫師們，日漸困頓。
不要獵巫般的批判健保醫師貪婪。
不管他們是願意，或是沒有選擇，才留在健保裡。
他們，我們，日漸消瘦。

古今中外，真的是隨著，錢在人在的方向和趨勢在運行。
各行各業，醫療也不能免於這樣的天擇洗禮。

看著醫師們在討論未來的規劃。
好像即將沉沒的鐵達尼，船長、大副、二副們在把握最後的時間，告別彼此，和講到未來自己會在哪。
未雨綢繆。
席間，我耳邊的語音慢慢淡去。
也拉遠著想，我何去何從？

六、數位化的年代

早上醒來，
按掉了一夜靜音模式的手機鬧鐘

三分鐘快速掃過
電子郵件（1）、line 訊息（2）、messenger（3）、臉書前幾頁（4）、google
快訊（5）、或是未接來電（6）

大概可以知道，今日臨時要事
有沒有什麼急事
需要聯繫，或是馬上處理
開始了一天的連結上網路，和數位化

刷牙、洗臉、梳洗，著裝
半小時後我出門了

出門時候，手機環控關掉了家裡所有的電器、燈光或音樂……等等（7）

出門後，門口的監視器一樣動作著（8）
365 天來都是

磁扣刷了電梯（9）
我到了停車樓層

地下室、大樓，內內外外的監視器，24 小時監視著（10）

我坐上了車，開離開大樓的車道
感覺自己像是 freeman
但我知道，我其實不是

在離開大樓的那一刻起，
門口柵欄 etag，紀錄了我出門的時間（11）
我的車號

在家附近的超商
我 QR code 掃進去買了一杯咖啡（12）

手機結帳時候
又掃了一次條碼（13）
和電子發票條碼（14）

坐上了車
我打開手機的 kkbox（15）
它遠端紀錄著我的上線

幾點幾分

我的車行駛在高速公路上
每一個 etag 柵欄，（16）
紀錄著我穿越的時間和地點
65 公里上，每一個點都是

到醫院之後，要進去開刀房
我掃了磁扣（17）
紀錄了我的行蹤和時間

開刀結束時候，我打著電子化手術紀錄（18）
每一個儲存，都是一個小小的 cookies
告訴著母體和系統
我現在，在這裡

離開時候，電梯磁扣再次紀錄了我離開的時間（19）

醫院內內外外，和道路上大大小小的監視器（20）
無時無刻的紀錄著
備查著資料

沒有人會看嗎？

對，目前沒有人會看～
不過等到有事情的時候
全部都是可以被調閱的資料

離開醫院之後，在加油站加了油
信用卡紅利積點刷卡的時候，也記上了一筆時間和地點（21）

開車回高雄的 65 公里路上
高速公路的 etag（22）
依次序的紀錄了無數的時間和地點

如果母體會講話
可能會透過車上的藍芽跟我說
你今天開比較慢喔！

回到家後，etag 一樣紀錄著我回來的時間（23）
後續，我直接用 line taxi，叫上了計程車（24）

坐上車後
我前往高鐵

高鐵 express app
紀錄著我出入城市的時間和地點（25）

台北高鐵出站後
更是密密麻麻的監視器（26）
我搭上捷運的每一刻每一秒
開口也紀錄著我（27）

cell phone 手機，這個名詞很好
我們其實就是一個個小細胞
被數位化的機器們，編碼著、紀錄著

你覺得你很厲害
手機定位（28）、google 定位（29）全關掉
政府單位，或是有心人士

不知道你在哪裡？

別傻了，手機開機就有電磁波（30）
會知道你 100 公尺的範圍區間
不會差太多
搭配著路口的監視器，和人臉辨識系統
還是知道你在哪

基本上，政府都是做得到的
只是要不要而已
或是，做了之後，要不要跟你說而已

如果你保密防諜做得很好
覺得可以杜絕於數位化監視之外
其實，

你的手機，
是不是在無聲無息的
透過麥克風和前後鏡頭（31）
紀錄著你的聲音、影像、地點，或是搜尋紀錄
你完完全全無從而知

你以為只有小米和華為？（32、33）
其實google和蘋果一樣紀錄著（34、35）
只是手法比較細膩一點而已
好好搜尋一下新聞，他們幹過什麼壞事被抓到

我們在一個半數位化的年代
還沒全面的數位化
臉書的形上宇宙（Metaverse）

基本上是一個視覺、聽覺、知覺
甚至未來連觸覺和味覺、感覺……等等
都可以進入數位化操控（監控）年代
（想像 tenga 配上 app 軟體……）（36）

數位化，帶來了許許多多的便捷和效率
減少了許許多多的浪費
不管在時間、金錢、資源等等
非常高效率的處理

我們越來越方便
活的越來越快
越來越忙
事情越來越多
懂的也越來越多

但是，真的有越來越幸福嗎？

還是，越來越沒有時間去思考
我現在，到底有沒有幸福慢活，這檔事呢？

不丹，過去被譽為世界最幸福的國度
是因為賺的最多嗎？
還是生活最便捷呢？

還是，最沒有被
數位化、效率化淹沒
淹沒掉，幸福慢活的步調

比起 20 年前

數位化、資訊化不發達的年代
你現在真的比較快樂嗎？

如果沒有好好思考，
終日庸庸碌碌
那和在滑輪上，
日夜奔跑的老鼠
有什麼不同了？

活在快裡
忘了慢的美、幸福和活著

＃無數紀錄點

七、我以為的好

我們常常會遇到這個問題而不自知。
一般會有這樣問題的人，多是在關係裡比較權重的那一端。
舉凡親子、醫病、男女關係或上司下屬……等等，常常有這樣的問題，不勝枚舉。

什麼意思呢？

爸爸小時候沒有學過鋼琴，很後悔。
所以長大之後，要求自己的孩子，一定要學鋼琴。
不管孩子喜歡或不喜歡。
爸爸媽媽小時候苦到，被錢、被生活逼迫過。
在外頭生意被倒過。
所以希望自己的孩子，一定要有一份安安穩穩的工作。
就是一個小小的公務員也好。

錢雖然不多，但至少安穩的過一輩子。
這是孩子想要的嗎？

師傅小時候被壓榨、abused 過，長大之後，卻成就非凡。
雖然師傅小時候當下，也是覺得不合情、不合理、快要死了～
但長大之後的成就，讓師傅成為了，斯德哥爾摩症候群的患者。
會返回來覺得，當年不合情、不合理的訓練和要求，是正確的……。
所以，後來也依樣畫葫蘆，對後來的學生，採取一樣的模式。

合理不合理。
過勞不過勞。
不是重點了。
重點是，「我們以前也是這樣過來的」一句話，踩死全部的論點。
（真的嗎？健保剛開辦時候的醫療服務量，跟現在，真的能比嗎？）

這是不是也是一個，我希望的好，我以為的好，希望後輩也能接受？
無奈，等一一過勞死，或過勞殘疾出現的時候，才來檢討制度的問題。
更甚之，有大老們說到，是這些年輕人自己身體不好、體質有問題。
不是過勞造成的。
唉……
媳婦熬成婆，可能變成更冷酷無情的婆婆……
醫病關係裡，也是如此。
醫生往往覺得，怎樣對病人比較好，就會這麼決定。
許多人不會站在病人端，幫忙想想，可不可行。
像是，這個敷料非常的好，我希望病人每一、兩天換一片（每片數百到千元……），要換好幾個月，一定可以看到進步。
（反正到時候沒進步，我會歸咎你有其他問題，或是體質問題……或是，你就不會來找我了啊～）
有看到病人拿著低收入戶的手冊嗎？

有看到病人，可能家徒四壁的模樣嗎？
我們是不是只看到自己想要的，而不是病人需要的？

嚴重的中下臉下垂和脖子贅皮，埋線就好了！
或是電波、音波就好了！
一定有效！！

是因為醫師不會操作手術嗎？
所以選擇，提供非常有限的項目給客人嗎？
是真的客人所需要的嗎？

反說回來，客人有結構上的眼袋，或是中下臉下垂的問題。
客人已經明確的拒絕，現階段手術的選項。
那醫師為什麼還要堅持手術呢？
醫師：「這個沒有手術不行喔～不好意思～」

如此，這樣的病人可能就另尋高明了～

可知道，需要手術，但尚未手術、尋求微整治療的病人（肉毒、玻尿酸、光療、美體、埋線……等等），比例非常、非常的高。

可能是手術客的五～十倍以上。

如果外科醫師，手術專業的建議不被採納，就放棄為這位客人治療。

其實不是放棄一個人，是放棄很大一部分的市場。

而高風亮節的手術醫師，只會束自己於高閣。

看著病人、客人的流失。

世界一樣在運轉著。

這些病人、客人的需求，總有人會幫忙補上的。

這何嘗也不是？

我以為的好，我希望你能接受呢？

當然過度的去迎合病人、客人，不是一件好事。

醫生還是要保有自己的專業度在。

只是，在保有自己專業度的同時，我們又能放下多少自己的既定立場呢？

客人想要什麼，我真的做不到嗎？

還是只是不想做而已？

病人有選擇的，不是非你不可，跟急診創傷而來的不一樣。

醫生、爸媽、老師、上司們，我們有多少時候，會以為我的好，就是好，希望晚輩或是病人接受呢？

如此，在這個時代裡，很多晚輩、客人、孩子、或員工們，會選擇離開，或疏遠。

因為不是每個人都要功成名就。

不是每個人都要，一次徹底解決問題。

也不是每個人都要過得精彩、無與倫比的生活。

檢視晚輩以外，我們真的也要好好的檢視自己。

我的糖，也許是別人的毒藥。

人各有志。

一點草一點露，每個小草總有它活下去的力量，陽光、空氣和水。
我們不要揠苗助長了～
我對你好，是真的好嗎？
我們要常常，好好的問問自己了。

八、好醫生

這些日子來，許多朋友、家屬，不只問我醫美相關的問題，還有問我其他科別推薦的醫生。這些日子來，我推薦的醫師，至少有五十人次以上了。

有人問到泌尿外科、腎臟內科、婦產科、心臟科、骨科、急診、血液腫瘤科、耳鼻喉科、減重外科……等等等等。

或是專門做鼻子的、專門做體雕抽脂的、專門做植髮的……等等。

其實各式各科的問題都有，我也大大小小、前前後後，推薦三十個以上的醫生了。

就算是我本身不熟悉，我也會問問開刀房的，跟診、病房共事的醫護們。

這個醫生值不值得推薦？

那才是最準確的。

至於，什麼叫「值得推薦」？

這個問題，我也問了自己千百回，
我反想回來，我推薦給人的醫生們有什麼特質？
如此我也茅塞頓開。

後來我才發現，世人眼裡所謂的好醫生，醫生也自己這麼認為著。
如果是我，或我家人生病，我也希望是這些醫師們，幫我醫治。
我也知道萬物、生命終有時。
只是在你們的醫治下，病人比較不會徬徨、無所適從。

我推薦的醫生們，有什麼共同特質呢？
第一，好溝通、為人和善，願意花時間傾聽。
第二，專業度一定要夠。
這是基本面，沒達到再會溝通也沒用。
那會變成，只會門診技巧。
華而不實，本身的功力不好……。

注意到了嗎？

專業度的要求，是排在第二項。

我推薦給人的醫生，幾乎都是非常願意傾聽的、與人互動良善的。

這是最重要的一環。其次，才是專業度。

專業度當然重要。

但是在我的推薦裡，專業度是排名第二。

當然，我推薦的醫生，都還是高度專業。

只是，如果醫生高度專業而過於剛愎自用、父權式。

你聽我的就對了，不要問！

不然你不要來看我！

你（病人）可不可以不要一直講話？

我比較厲害，還是你比較厲害？

不然你來當醫生啊！

……

……

等等。

這樣的醫生，我也不會推薦給人。

因為我自己也不想碰到這樣的醫生。

說真的，很厲害又怎樣……

第二名、第三名如果沒有跟你差太多，別的醫生好溝通多了，我還是會去找第二、第三名啊……

沒有人不能被取代。

醫生是，醫院也是。

第三，不會強推自費的醫生。

我自己也是醫生。

我知道健保制度下，醫生要推自費的無奈，因為有高抽成。醫生也是為了要貼補家用，（醫生）本身也是一個職業、工作而已。

我們也是要養家糊口，無可奈何。

但是，如果過於強推自費的醫生，小弟不會推薦……

因為我認為，這樣的醫生，心中那一把尺已經歪掉了。

錢是第一，醫療是其次。

這樣的醫療行為，行之有年。

動作和習慣，會影響著醫生，醫生到後來，會變成像是醫療器材業務員。

會失去治療病人的專業判斷，迷失初衷，變成金錢、利益掛帥。

我不反對自費的使用，應該是當用則用。

不應該是，每個都用，強迫使用。

有些病人不用，醫生還不願意幫你開刀……

唉……

所以，我也不會推薦這樣的醫生給我的朋友。

這是這些日子來，我推薦醫生給人，重要的指標。

這些好醫生們，共同的特質，簡單的說，就是：「願意傾聽、好溝通、專業度夠、以病人為中心的醫治（不是錢）。」

大概是這樣的。

我也發現，在我的病人裡，如果遇到我捨不得的、我放不下的，我的眼神會變。帶著不捨、憐憫、鼓勵著，和想保護你的心。

我的眉頭會鬆開，我在心疼著。

九、東西沒變，是你的心變了

記得幾個月前，一天在健身房跑步。

兩位婦人在旁邊走著腳踏機，大聲閒聊著（一個在我右邊，一個在我左邊，一個在我右邊……）

A婦人說到：「上周我們全家去吃饗食天堂（一人約莫1000多塊的buffet），我覺得還好誒！不怎麼樣！」

B婦人搭話了：「對啊對啊！我覺得那間很難吃誒，真的是不怎麼樣！我推薦你哪一間比較好啦！（很高檔……）」

A婦人趕緊搭話著：「對啊，我吃過啦！還有，我覺得另一間也不錯，推薦你們全家去吃（更高檔……）。」

……等等等等

到後來，兩個像是在比拼和炫富一樣，東西好不好吃已經不是重點了。

重點是，我去過哪裡……

其實在一旁聽到的我，很反感……

日子變好了，我們偶爾也會去吃吃大餐，不全然都是巷弄美食。

偶然間，我們再吃起大餐的時候，席間，如果有人說起：「誒，我覺得變難吃了誒！以前比較好吃！」

或是：「我不想吃了，因為我覺得它變難吃了！」

……等等

常常我的無名火就會來了。

我會非常的不悅……（我修養還不夠……）

食物沒有真正的變不好吃，或是品質大幅度的下降。

更多的是，自己已經習慣了，山珍海味、玉液瓊漿。

所以再來一樣的美食，那份感動消失了。

取代的是，不珍惜了……

每一兩個月，我和姑娘去吃海港 buffet 的時候（信用卡優惠，兩個人 1000 塊）。

常常我吃的時候，會驚呼連連、讚歎美食……

說到：「為什麼有人可以把蛋白質、碳水化合物、脂質，組合成這麼好吃的東西呀！實在是佩服！」

（姑娘常常覺得我很誇張……反應過激……）

小時候如果能吃到這樣的美食，會魂牽夢縈好一陣子。

還可以跟同學講，玩玩吹牛遊戲一番。

小時候吃到這樣的美食，不是數以日、數以週計，而是以月計、以年計。

現在時候，有能力想吃便吃，我還是反覆告訴自己，要珍惜～

去吃到飽餐廳，偶爾有龍蝦或鮑魚的供應。

一堆人一窩蜂而上、狂搶狂吃……

像是這個東西多麼好吃一樣。

但，龍蝦和鮑魚，真的多好吃了嗎？

追根究底來說，不是真的多好吃。

而是量少，才彌以珍貴。

所以人們才一窩蜂的迷戀著。

真的好吃了嗎？

我們再問問自己。

我覺得，輸我從鹽埕區買來的一顆肉粽誒……（不好意思，不解風情……）

長大之後，日子變好了，很難維持的是，對外在、對物質，或美食的赤子之心。

或說是「初心」。

當初那第一、二口，初嚐的感動會不見。

我們要刻意的去練習，和提醒自己。

絕對不是去批評那，彌足珍貴的食物，難吃、不好吃，或是我不想吃。

記得，皇天在上看著啊……

靜下心來想，真的難吃了嗎？

還是我們的心，變難了？

爸爸媽媽和愛人的好呢？

每天每日的隨手可得。
呼之即來，揮之即去。
珍惜嗎？
還是棄如敝屣了？

多少人想要飽餐一頓，而不可得。
多少人想要安穩的過上一天好日子，而無法。
在福中的我們，珍惜了嗎？

習慣，可以減少大腦的許多負擔，減少腦力和無謂的思考。
讓很多事情，像是反射一樣的 autorun。
但習慣，也會常常蒙蔽自己。
讓自己不懂得逃離不好、不合理。
或是，也不懂得珍惜身邊的好了。
要記得～

在我眼裡，好吃來說：
大腸包小腸ˇ龍蝦和鮑魚，
老媽的炸肉ˇA5和牛，
街口的肉燥飯ˇ魚翅燕窩，
管它便宜不便宜。
管它相對不相對。
就是絕對的好吃了，哪管這麼多。

你呢，什麼是珍貴的東西有變嗎？
以前比較好吃嗎？
還是你的心變了？

十、你所期待的永恆，是多久？

近期在忙著書稿的整理。

分門別類，選文、潤稿，刪刪減減，試想著內文和封面……等等等等。

非常的凌亂和瑣碎。

我帶著筆電，跟著我到處工作。

有時間、有空檔，我就拿出來窩在一個角落，開始工作起來。

火車上、開刀房餐廳、等待保養車子的期間、晚餐前……等等。

都是我的工作時間。

以往我都是拿著有線的滑鼠。

滑鼠走走停停、敲敲打打，可能要幾萬次、幾十萬次，才會達到我的工作要求。

近日，我的無線滑鼠拿出來用了（買筆電時候送的，我鮮少使用，因為要裝電池一事，讓我反感……）。

我赫然發現，非常的好用、方便和簡練！

以往我都不太喜歡無線的電子產品，因為總覺得無線的產品，代表需要電池。

電池的存在，代表需要額外買（浪費錢），或是充電的動作（浪費時間）。

而且就算是可充電電池，也是耗材。

電池會有記憶效應，電池後來壞掉了，還要買新的，又會造成浪費……等等等等。

真的不如一個有線的滑鼠，一切簡單！

上面的邏輯，其實都對，也存在我的想像裡。

只是近期我大量的使用無線滑鼠後，我發現，我免去，線擺來擺去、甩來甩去、神龍擺尾，的麻煩和紛擾。

更重要的是，我的桌面上，乾乾淨淨的，幾乎空無一物。只有滑鼠和筆電。

只有「淨」和「靜」。

真的很舒服～

桌面著實的簡單和乾淨，讓我工作起來，可以很速適，和平心靜氣處理很多的瑣碎，而不會毛躁。

總之，無線滑鼠帶給我的正面效益，遠遠多於我提到的耗材和想像。

簡單的說，利大於弊許多～

我也想著，一個滑鼠能用多久？
說不定我電池換個三五次之後，滑鼠本身也壞了。
畢竟都是消費性電子。
那我所期待的「永恆」。像是有線滑鼠。那個永恆，我定義是多久？
沒有永恆的東西。
愛情是、友情是、物品是、人們是。
連存在百億年的太陽、星星們，也是。
沒有永恆。
那我們為什麼期待著永恆？
因為永恆不變，會帶給人安全感。
可以有 settle down 的感覺。
我可以好好的休息了，可以入土為安的感覺。
那是我們的副交感神經鏈在作動，引領著我們。

但是，真的沒有永恆的事……

我們只能追求，在自己有限的生命時間裡，盡可能的 fit into 自己喜歡的人事物。時間越久越好。

久到，讓人誤以為，我曾經擁有過永恆。

大概僅止於此而已。

沒有永恆。

無線滑鼠給我什麼想法呢？

每一個短暫的絢麗和火花，或許會伴隨著缺憾，但不會影響它，過去存在過的美好。那是事實。

有人說，相遇的那天，註定了分離的開始。

很深的一段話～

如果每個短暫絢麗的瞬間，可以帶給你美好，和工作心流，大大的提升你後續的生活，和工作效益，為什麼不呢？

浪費時間、人擠人，去看一場很棒的煙火秀？

浪費時間在咖啡店裡，發呆空想著一個下午？
浪費時間和家人孩子，胡鬧了一晚，什麼事情都沒做到？
……
等等等等。
真的浪費了嗎？
我們要好好想想。

那不是浪費，那是心靈充電。
如果沒有那個浪費，我們活著，只是個機器人。
真的，而且效率還比機器人差，落得的四不像。
記得，我們是人，有血有肉的人。
生命就應該浪費在美好的事物上。

#楊沂勳你有沒有事啊

十一、你在忙什麼？

近日看到數位勇猛的學長，臉書分享
提到
從早工作到晚，甚至到夜半
一日復一日
在這些日子裡，手機不停的響，不停的接和回電
不停的工作
手機都不知道充電了幾回，或是電池壞掉
手機壞掉了
才驚覺
原來手機也有過勞、過度使用的問題
身體竟然還更堪用
比起機器更為強健和勇猛
真是令人驚奇

贏得了許多掌聲和鼓舞
請他再繼續加油～

其實看到了這樣的文章
我想到以前訓練的那些年
現在想來
真的是很苦
我們的確都經歷過那些階段
一周裡面有三、四天以上住在醫院
其他天照常工作
這是常態
早上工作
下午工作
晚上工作
半夜工作

習以為常
偶爾五、六點回家，會覺得心虛，擔心被人發現
會被責罵
常常身體累到不能再累了
去值班室洗個澡
神奇的是
洗完澡後精神百倍
又可以好幾個小時工作沒問題
真的又想睡了
再去洗熱水澡！
那是浮士德的魔鬼交易

常常有時候
躺在值班室床上
身體三分鐘內便睡著了

自己的大腦和意識還醒著
我那時候
常常聽到自己的打呼聲
身體動不了，睡著了
但大腦還沒
不用擔心
我確定不是鬼壓床
那些日子
我們認為戰功彪炳
可以不停的工作
年輕氣盛
自覺精力十足
為榮譽
為大家
為責任

但說真的，就是沒為自己

意識和毅力很強韌
但身體跟不上這樣的勞累
雖然那時候大家都是壯年之際，30 歲上下
但生病的、重病的
卻是不少
其實真的不是懶
而是身體受不住了

現在看到學長們，常常還是把身體，當作比機器更耐用的神兵利器在使用
在操
在蹂躪
在光環和榮耀裡浸吟裡

沒有苛責
我只有不捨
很想輕輕的對你們說
要好好的善待自己
你不對自己好
也不會有人對你好了

我在火車站的牆面看到一段話
拿破崙說道
只要給我足夠的獎盃
我可以用無數的將領和官兵
來征服全世界

我不是讚嘆　拿破崙的豐功偉業
我是讚嘆他的洞悉人性

用「榮耀」
來驅動許許多多不合情、不合理的犧牲
成就許多破碎的家庭
而且
前仆後繼，一個倒了
馬上還有另一個將領補上
帶著榮耀
毫無懼色
下一個不會是我

榮耀　和　家人們
要好好找到一個平衡
我想到了
庫爾斯克號　深海救援　那些被俄國將軍犧牲的年輕生命們
我想到了

奇美心臟外科　蔡伯羌醫師過勞倒下被急救
腦傷，後續智力退化成小孩子
我想到了
某醫學中心外科主任中風
後續被醫院辭退

榮譽在哪？
醫院的感謝在哪？
經營者的鳴謝在哪？
看了一看
只有家人們的不離不棄病榻
帶著淚和苦
繼續過生活
慘淡的日子
你在天之靈，看到了嗎？

每個人有自己的選擇
但要好好的善待自己
家人是我們的根本
別本末倒置了
我看到了滑輪裡的小白鼠
不停的奔跑
好多圈好多圈
好累好累
不捨晝夜
加油～
要找到一個平衡
看清楚這面貌
別在局裡迷了自己
人生就這一回

十二、職人和機器手臂

人是動物，一種可塑性非常高的動物。

透過了大腦的語言和學習，人類的可塑性，高到很嚇人。

有時候我們看到自己的同類，也都不免驚呼連連：

「天啊！這不是人吧……」

看過菜市場阿姨的切菜、剁魚、去鱗、取內臟嗎？

庖丁解牛矣～

看過疊杯子遊戲的賞金達人嗎？

三秒鐘內，疊出一個個高高的杯塔。一秒鐘內，雙手可以精準的疊出三～五個。真正的無影手。

看過大賣場的職員嗎？

舞著紅色閃光的條碼器，數分鐘內，像是星際大戰裡光劍的影武者。橫掃千軍，到處掃刷和嗶嗶。簡鍊、快速、不拖泥帶水，結完一長串排隊的人龍。

看過奧運選手在各式各樣，不同項目裡奪冠嗎？

為了這一刻的到來，身心靈已經完美淬鍊。身體每條肌肉纖維、神經組織、和大小腦的協調，趨近完美。這樣的血肉之軀，竟然可以在一百公尺短跑，7、8秒內奪冠。

電視機外的我們，常常會覺得，我們是不同物種嗎？

寫實畫家將一副副風景，幾近完美的呈現、複製在一張空白的油畫紙上。光線、倒影、表情、細紋、和嘴角神秘的一抹微笑。連微風的經過，也被捕捉了。栩栩如生。

超寫實的畫家，令人驚嘆他的巧手，鬼斧神工之作。

看過鍵盤打字員，一分鐘輸入三百～五百個單字嗎？

幾乎同步化語音輸入和鍵出，在一旁看著他手指飛快的舞蹈、跳躍著。

我在想，他真的是人嗎？

很奇特的，這樣的職人，存在於我們社會百業、百態裡。

其實每個人都是，每個人都被塑化過，只是程度上的差別而已。

有些人練習到可以就好，有一份薪水就好。

有些人被錢使著，被魔戒套著，重覆的動作越多、速度越快、完成單位數越多，賞金就越掉越多。自己也快樂著。

但不是快樂在，金錢帶來後續幸福的改善。而是在，帳戶數字的增加。最後變成是在追逐數字，忘了「你是可以愛的人」的這檔事。

你跟工廠裡，日夜不停擺的印鈔機，有什麼不同了？

對不起，印鈔機還贏你，因為它不用休息、不用給薪。

菜市場的阿姨、疊杯子的達人，可以被一個手臂取代掉。

手臂可以在十分鐘內，庖解五十條魚。

十秒鐘內，疊出一百個杯子。

精準的下刀和作動，不帶感情、不用休息、不用獎金、不用囉嗦。

二十四小時工作，不用冷氣、工廠不用開燈，不用育嬰假。

而且，現在客製化的手臂，一百萬內已經可以搞定。

大賣場結帳的職員，可以被無人化商店取代。

（7-11 和亞馬遜，已經試營運）
職員手腳很快、沒有偷懶？
對不起，還是沒電腦快，我要把你換掉。
每個人走進和走出商店，就是完成了一次次的結帳。
一秒鐘以內，沒有感覺，不用排隊，不用等待。
（試著問問自己：你想要回復以前，高速公路上回數票的人工收費嗎？）
而且，電腦軟硬體設備，比起三班制的員工，便宜多了。

跑的快、跳的高、游的遠？
要拿汽車、飛機和船來比嗎？
在造物者眼裡，人類像是畫出，一個個遊戲的小圈圈。在裡面，自己扮家家酒玩著「人類限定」的遊戲。
不許其他生物，或是仿生的機器進入，因為會吊打人類。
（你要跟豹比賽跑步嗎？）
超寫實畫家，你手上的相機隨手一拍、亂拍，都比它真實上一萬倍。

半秒鐘、不用錢、拍一百萬張、減碳化。

打字員很快？

有電腦語音輸入快嗎？

這些都是進行式的改變中，我們在浪頭上。

不是不鼓勵，讓自己變成各行各業的職人，而是鼓勵去思考，怎樣的職人，容易被機器取代掉？

此外，變成職人、半機械人後，有好好的想過，職人現在的快樂，是來自機械化、重覆化，多巴胺的生理性反饋，和鎖死不動，帳戶的數字增加嗎？

還是，透過金錢的增加，造福你所愛的人事物，後續衍生而來的幸福感呢？

「職人」，不要只有「職」，其實你也是一個「人」。

還記得嗎？

還記得吧。

十三、活著，還是工作著？

在台北街頭，看著人們繁忙而急促的腳步。

每個人都是擦肩而過。

從捷運。

從高鐵。

從公車。

從街頭。

每個都是工作服在身，只是不同的樣貌呈現。

職員們的制服。

商務人士的襯衫。

房仲業的西裝。

學生們的校服。

……等等。

看似整齊，也井然有序。

早年大學時候，剛到台北，總覺得自己格格不入。
這裡匆忙、日夜沒有停歇的腳步。
龐大的交通系統，連結著飛機、火車、公車、客運、計程車和捷運們。
日夜沒停擺的霓虹燈，衣著閃亮尋歡的人們，杯觥交錯著。
更顯得這個城市的遙不可及。
像是麥特・戴蒙電影裡，月亮上的城市（Elysium）。
地球人要存到好大一大筆錢，才能上來月球參觀這個城市、這裡高雅的人們。
至少當時對一個鄉下小孩來說。

二十年後的回歸，感受已經大不同了。
首先是有一個家在台北了，沒了異鄉、浮萍的感覺。
我在月球上也有一個家了，更多的是一分歸屬感。
二來是，我更能靜下來，觀察這裡的人們。
城市裡的人們，繁忙進進出出。

電子化、數位化、手機化、app化、即時化的結果。

生活越來越便捷，越來越快速，省下來越來越多的時間。

但是，真的有更輕鬆，善用這些省下來的時間、體力嗎？

好像不然，只是事情越變越多，上面交辦而來的事情，也越來越多。一樣填滿了你省下來的空檔。

我們從二十年前的慢活，到現在的快活。

看著一個個魚貫而入閘口的人們，面無表情，一臉倦容和木然。

我從孩子時候的羨慕這個城市，覺得高不可攀。

到現在，反而感到惋惜和憐憫。

有時候想想，人們真的在活著嗎？

我們支配數位化的工具、手機，還是數位化的工具，支配了我們？

最可怕的是，當你的待辦事項，從二十年前的三項，到現在可以一天二十項。

你會有成就感，對人沾沾自喜，誤以為是高效率的活著。

其實不然，只是被高效率的支配著。
什麼是活著？
我不會說是高效率的工作著。
我會說，是有時間、有品質，好好的陪著你重要的人，做你想做的事。

好好的想想，人生最重要的事情，是什麼？
有偏移了嗎？
還是已經身在此山中，雲深不知處的迷失？
卻還樂在迷濛裡，過完一甲子呢？

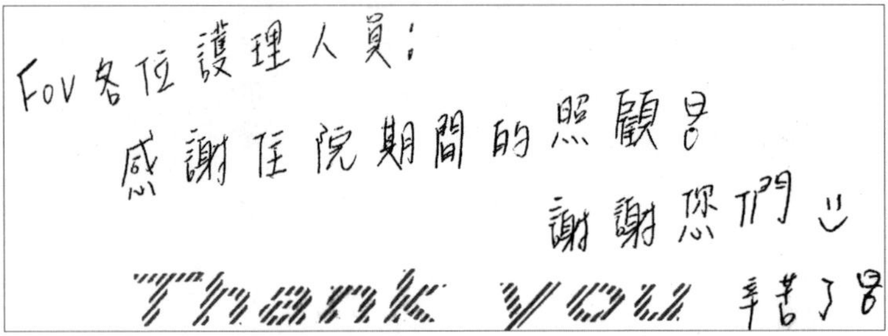

For各位護理人員：
感謝住院期間的照顧
謝謝您們
Thank you 辛苦了

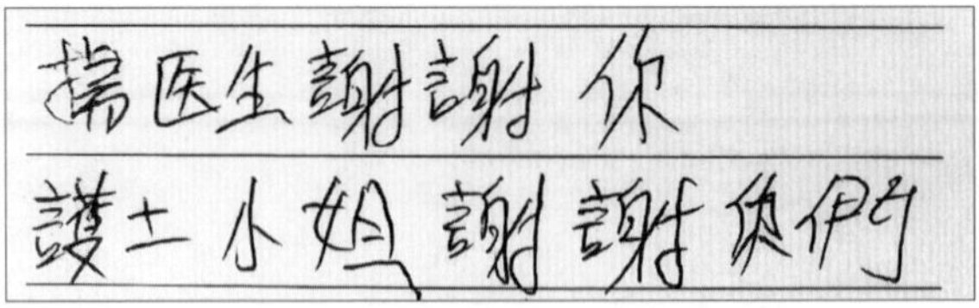

楊医生謝謝你
護士小姐謝謝您們

我的成長

一、關於夢想，你願意有多少犧牲？

關於夢想，你願意有多少犧牲？

（我是祖宗八代裡的異類，唯一的醫生，沒有背景、沒有湯匙、沒有天資聰穎，我只有意念，我一定要拿到整外牌！）

記得還是住院醫師時候，每天忙碌著病歷、病人 complain、開刀、科內、科外或是外院和年會報告、跑病房和急診會診、寫論文、查房、查房前後準備病人資料……等等等等。還有處理主治醫師對上對下的情緒（他們也是人，也是會有情緒……），或是他們彼此之間的矛盾情結，我們要避免踩到，不然會被颱風尾掃到。

如果當天又值班，就是晚上 1700 以後，繼續上班到隔天 0700，才算值班 OFF。

喔～沒有喔～！你不能回家！隔天一樣上班到 1700 才能下班！才能真正的 OFF！

這種值班日，一個月科內跟 ICU 加起來大概 9～10 班（主治醫師 ICU 班不要，也是丟過來……）。大概1/3個月，住醫院是基本盤。還不包括，你跟的主治醫師，如果有大刀開到半夜，管你有沒有值班，你就是要留下來開完才能回家。

很多時候，主治醫師交代排值班的總醫師：「我的住院醫師，在我的開刀日，你不要給他排值班日，不然我的住院醫師跑上跑下的，我用不到這個人！」

唉……。

記得以前常常開刀到半夜，累的要死，隔天早上的晨會也不能缺席，不然會被幹譙，所以不能補眠。因為他們說：「我們都是這樣過來的……」

另外最痛苦的是，還要一早0700以前到開刀房櫃檯那裡，等寫跳刀順位。每天限時限量開放，不能兩三天前，提前預約。就只能當天預約，而且七點才開小門窗，給跳刀順位的預約本。常常，六點多就很多外科醫生坐在那裡排隊。七點到，你一定就是搶不到前三名，跳刀順位，你就一定等著被你的主治醫師幹譙。六點半到，也許有機會搶到第一、第二名，但還是有機會搶不到，還是有可能會被幹譙。

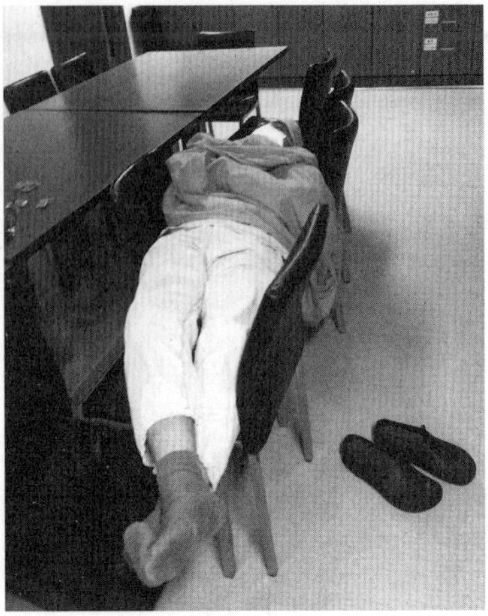

乾……

怎麼辦？

開刀到凌晨兩、三、四點，已經很累、很累了（常態……），光六點多起來，都已經要死要死了，又擔心搶不到第一順位，被幹譙怎麼辦？

阿嘶～～～～～～

乾～～～～～～！！

我就直接睡在開刀房、小門窗前的長凳就好了！

乾～～～～

開完刀後，凌晨三四點直接睡在這裡等七點，

我一定是第一名了吧！

誰想要拿跳刀本的，就要over my body。一定會驚醒我，順便叫我起床。一兼二顧，摸蛤兼洗褲～有時候一早七點，病人在這個報到窗口，看到有醫生躺在長椅上睡，都會投以奇怪的眼神。

沒差了，我恥度全開了，那時候。

照片是在開刀房，刀跟刀中間，零星的時間在休息，跟半夜等寫跳刀順位，睡長凳一事，不中，亦不遠矣～

那些年，那些事，現在想來還是很累～

那些年的平均週工時，都是110～120小時／每週，跟現在的88工時差太多了。而且請記得（110～120）-88多的時數，都是極限值以外，多出來的時數。對身體負擔的邊際效應，每個小時都是層層加的煎熬。

長大之後會覺得，如果我們經歷過一些不合理，不代表，我們就要用這樣的不合理來要求後面的人～

你可以不一樣。

你可以不用是共犯。

至少，我選擇放棄長大後，既得的利益，讓它回歸人性和正常。

你可以不一樣的。

二、Angel's wing

有人問過我：

「小志，為什麼這些年，你轉變這麼大？從以前的低調不語、埋頭做事，到現在的活躍。為什麼？」

其實這個問題，我也問過了自己好幾次。

應該說，主要是心態上的轉變。

離異的一段時間，有低潮，真的低潮。也會覺得，全世界都會看輕了你。離異的男人，應該是個失敗的男人吧？

離開了市區的大醫院去偏鄉，一位前輩說到：

「有能力的人，不會離開市區和大醫院的。」

那些話，隱隱刺痛著自我的懷疑。

會覺得，我這個人，好像這輩子就這樣了。

我在工作上的表現很棒，真的很棒，一向如此。

但是在全台灣最南的角落裡，如果一樣為善不欲人知，或是曖曖內含光，這輩子大概就真的這樣了。

前些日子，看到同業閃耀之星，開幕一事。

她的新聞稿裡寫到，對於病人/客人，她的想法是米開朗基羅說過：

「I saw the Angel in the marble and carved until I set him free.」

我在大理石中，看見天使，所以我不停雕刻，直至讓天使重獲自由。

也許我剛好相反，我不是要雕刻出我的病人，我要雕刻出我自己。

I know I am an angel in marble.
I have to set myself free.
And it will be.

三、高速公路

近日開車有些感想。
在高速公路上，常常遇到前方有大貨車、卡車。
其實只要在這樣的車子附近，都是危險，前後左右都是。
因為他們常滿載著貨物，而且高速行進。
他們常常疲勞駕駛。
他們往往論次計酬。
所以每天忙著、趕著。
多跑南北一趟，也許多賺三千、五千不等。
所以他們都竭盡所能的開車，拼了命的開。
逼車，也時有所聞。
總之，在這樣卡車附近，我都盡可能的駛離，盡可能的超越。
不要伴行在前後左右。

我也不想跟在他們後面。

（卡車時速大概八十上下，實在太慢…… 會遲到……，雖然我的車速大概都九十上下……）

可是，每次超完車後發現，其實後續我也沒有一路狂飆，還是一樣維持九十～一百的速度前進。

一如往常。

但總覺得，剛剛的卡車，跟我差不多車速的。

怎麼大部分，或是幾乎後來都不見了？

我們不是都差不多速度嗎？

怎麼後來常常大部分的卡車們，只要你超越了，後來就看不到了？

這是我一直以來的疑問……

我近期想想，有兩個可能。

一個是，許許多多在中途的交流道就下了，跟你的目的地不同。

另一個是，卡車行進間的起承轉合，停頓後的再起步，很耗時、耗力。
卡車後續要在回復到本來的八、九十車速，比起小客車，難上許多。
就算是卡車後來，又回復到八十～九十了，小客車早已經不知道跑去哪裏了。
所以幾乎跟不上……
我想，這個才是主要原因。

開車，我想到了人生的許多抉擇。
很多時候，看到前面像是有一個坎，一個大坎。
要跨過，好像有些難度。
不是不行，只是有點難度。
需要稍費氣力和心思。
要稍微「ㄍㄧㄣ」一下，就會過了（超車）。
不過，一旦跨過了。
就會發現，其實，也沒真的想像中的困難。

反觀，被你超越的對手（卡車）。
當初的勁敵們，好像水準跟你差不多的，或是能力略勝於你的。
後來，他們也不知道去哪裡了。
可能在某一個舒適圈（交流道），停泊下來了。
或是，他們也還在路上，只是越走越慢。
越走越慢，太多阻礙和掛礙。
在這條路上，你已經看不到他們了。

最後，能一路走到目的地的，真的不多。
其中的關鍵看來，有兩個：
一個，是要確定目標和方向。
一個，是要不斷的超越，不管是自己，還是假想的對象。
唯有如此，才能真正的達陣吧。

可不可以開車不要想這麼多……

四、狗狗們，請搶答

前幾天在開刀房，有人問了數道，數學難題。

我跟蕭大醫師兩個人搶答。

事實上是，我已經吊打他好幾題了！

我都算完答案，進去開完刀出來了，他還在算上一題，答案還出不來。

我想物理奧林匹亞國手的印記，應該還有一點餘孽，在我腦海裡作動吧！

我吊打著蕭醫師好幾題，爽啊！

問到最後一題的時候，我倆像是極為興奮的小狗，流口水、講話噴著口水、有點閃尿，差個沒尾巴來搖而已。

我倆雀躍欲試，過度換氣！

準備要搶答！！

第三方說到：

（啊，那個人是我的枋寮幹話老師啦）

「請問，一條線固定長度，必須要線自己的頭尾相接才可以。請問，圍出來的最大面積、最大利益為何？如果這是古代，大家在圈地的草莽時期，小狗們，請搶答！」

圍成什麼形狀最好！？

乾！

我幾乎在幹話師父嘴巴合起來的那瞬間，我就脫口而出，同步化！回答出答案。

我想是腦海裡的量子計算吧！

圓形！！

我太興奮了，伴著口水噴出。

乾！

實在太興奮了！怎麼會問這種問題！

勝之不武，勝之卻又很爽，我再次、再次吊打蕭大醫師。

這時候，蕭醫師大喊！

「錯！錯！！錯！！！錯的離譜！」

一個老頑童的倔強，不服輸、嘴硬！

像是在籃球場上到處犯規、架人拐子，跑不動的老人一樣。

那時候我對他的感覺，伴有一點輕蔑。

我說不可能，這是邏輯問題，如果你用數學微積分去看，也是如此。圓形圍起來的面積，一定最大。我不可能錯！

蕭醫師說：

「楊，你錯了！是正方形！！」

我說不可能！不可能！你算給我看！我們要來算一下嗎？我可以算給你兩個確切的面積，讓你心服口服！

蕭醫師說：

「乾，楊你實在太嫩了！你太嫩了！！你知道為什麼嗎？」

我說：

「不知道。好啊！我洗耳恭聽，你最好不要唬爛！」

他說：

「土地方正最好賣，價格最好！你那圓形有畸零地！」

乾……

我當場單膝下跪。

大喊～～～～

師父教我～～～

師父救我～～～～～～～～～～～～

怎樣可以不用再為五斗米折腰～～～～～

#粉專不宜刊登

五、人生開爬，嚮山導師

蕭老大說：

「早上五點多起床，早操運動一下，早餐之後開始辛勤的工作。中午到了，午餐，之後稍作休息，下午繼續辛勤的工作。晚上到了，準時晚餐，之後就可以稍稍放空。

三餐飲食簡單，不會山珍海味、大魚大肉。不可以用 3C 電子產品，不可以科技冷漠。可以聊天、說話，鼓勵閱讀或是寫作。

每天可以靜心。

從身體的勞動，讓自己恬靜。

或說。

透過恬靜，讓自己得以消化大量的勞動或工作。

不會累，游刃有餘。

晚上十點，準時關燈睡覺。
一日復一日。
一年復一年。
這樣的生活，日出而作，日落而息。
身體健康。
長命百歲。
你想要嗎？」
楊：
「我覺得不錯誒！好像跟我有點像誒！誰啊？誰也是這樣過啊？你嗎？」
蕭醫師：
「不好意思，這是台北監獄的生活，妹妹們不會想的～」

六、拳腳功夫

小時候我有一段荒唐歲月，那時超級喜歡打電動。我打電動，可以打到廢寢忘食、昏天暗地。全心全意的投入，連功課也都放掉。那是國高中時期……

遊戲破關了，我也一玩再玩。

為的是，想要收集齊遊戲裡面所有的寶物。所以我一而再、再而三的破關，但都是用不同的方式去破（不同的姿勢……）

朋友看到我一個遊戲玩了十幾次，直呼你有病……

我記得玩最凶的遊戲有幾款：金庸群俠傳，98 格鬥天王，星海爭霸。

印象說來，金庸群俠傳就是一款，小弟玩破關至少十五次以上的遊戲。寶物全部收集過、玩過，所有技能全部習過，我才肯善罷甘休。

那時候電腦都是 486、586（最 PRO 級的……）。

當時我遊戲一破再破，電腦有時候都會當機。

我常叫我弟，對著主機跪拜：「請祢不要當機……（真人真事……）」

那時候我已經有一個疑問：

鋼鐵銅線組成，強壯的電器都會短路秀逗了，血肉之軀、脆弱的人，不會嗎？

那時候我年輕氣盛，一天可以十次以上。

所以說真的，疲憊對我來說是無感的。

我是它的絕緣體。

只是心中還是有這樣的疑慮就是。

慢慢長大了、身體老了。才會知道，萬物終有時，善待自己的皮囊才是正道。

98 格鬥天王，我常常的選角是 Terry。

一個戴帽子的肌肉男子，有強壯碩大的肌肉群。

遊戲裡面從頭到尾，他也沒太多的魔幻招數。

他不會噴火、沒有扇子、沒有刀劍、沒有水壺、沒有板凳、沒有菜刀，沒有任何額外的道具、或是魔法可以攻打對手。他就是拳腳功夫。

我幾乎都是選他。

投射心理吧？因為我覺得我跟他一樣壯，上上下下都是，其實也不假證明。

我把這個角色練得很強，打敗許許多多的挑戰者（機台對戰）。

人家常常問我：

「為什麼你可以把 Terry 練得這麼強？」

我回答到：

「我就是把基本的拳腳功夫，練到最強，就可以了！！」

那時候我常想到，降龍十八掌和郭靖的故事。

我是大漠之俠，我坐著大無敵在沙漠和月球飛翔……（對不起～思緒跳躍了……）

稍長，我又迷上了星海爭霸 Starcraft。

我們常常幾個高中同學下課之後，去網咖連線對戰。一戰就是兩、三個小時以上。每天都這樣。

如果沒有那段荒唐的歲月，好好的唸書，我現在應該不是美國總統，就是國家主席了，不會只當醫生而已。

我記得我的選角就是神族 proteus。而我的專研，就是航空母艦群。

每個族群，都有自己專屬、後期強大的武器。但是都需要，許許多多基礎建設完成之後，才能研發後期武器。而後期武器威力強大，往往一出來，幾乎就可以滅掉對方。除非，對方也已經有了後期武器才能相互抵制，可以不分勝負（美中俄……？）。

星海爭霸，我的強項在於，我會專研航母戰術。該有的基礎建設直須有。但我會用，最快速的方式直須有。後續所有的採礦資源、人力和金錢等等，全部投入航母的研發。而自己基礎的防衛，也不假守衛人力——因為會占掉單位數和資源——全部自動化，用光砲陣，排出一個最高效率，且最小單位的光砲陣。可以對空、對地攻擊和防衛（光砲也要錢……），保護城池和採礦的工兵們。

後續，我把所有的資源、時間、精力，全部投入航母的快速發展。手部敲打鍵盤和滑鼠的速度和節奏，一秒鐘應該有七七四十九下，旁人看起來像是DJ……

跟我搭配的隊友，常常獲勝。因為他們只要可以等到，或護航到我第一批的航母群出來（六隻……七十二個人力單位……），我們幾乎就贏了……。

（如果有隊友守衛我的基地可以更快，減少我建造光砲的數目和資源……）

所以沒跟我對打過星海爭霸的童鞋們，那時候常常在網咖的對面，驚呼連連。被打到直趴在地板。有些沒水準的，還作勢跑到對面要來打我……

基本上，4 VS 4，或是 3 VS 3。只要初期我讓它變成 4 VS 3，或是 3 VS 2。我方幾乎就贏了。

「淦林良嘞~~~這是三小~~~~~！」

「遊戲才開始不到十分鐘，為什麼已經六架航母來掃我家了！？淦！淦！淦！！救偶~~~~~~~！！」

「淦~~~~~！這是三小拉~~~！航母誒，還一群！！不是才剛開始嗎？？淦！！」

「淦~~~~~~~！！衝三小啦！是不是作弊啊！！是不是開外掛啊！？雞八毛嘞~~~」

「靠北，這個在掃我家的，是什麼東西啊！？我死光了拉~~~快來救我~~~ SOS ~~~~~ QQ」

我們的對手，幾乎都是這樣哀嚎著……

甚至後來有人說：

「楊沂動不能玩航母戰術拉！不然我們不想跟你玩了，沒意思啊！！」

再後來，還有對手故意一開始集結兩家資源和兵力，來衝我家，一定要先把我摺倒，不然會輸……。有統計學上的正相關（p value $<$ 0.001）。

只是這樣的戰術也有問題。因為為了把我摺倒，我吃了對方兩家的資源和兵力，限制了對手的早期發展。我的隊友可以大大的發展戰力（二戰時期，國軍牽制日軍在大陸……？）後期他們還是孤掌難鳴，大多敗北了……（p value $<$ 0.01）。

總之，我們高中在那征戰、兵戎相見的歲月中渡過。

屁孩們，還來不及研發出對付楊沂動的航母戰術時，我們已經畢業，孔雀東南飛了……。

那是一段傳奇……。

長大之後，越讀越多課外書，被開竅和啟蒙之後。才發現，原來我所謂的拳腳功夫練到極致，和航母戰術的快速研發（天下武功，無堅不摧，無剛不克，惟快不破……）。其實就是所謂的「重劍無鋒」。

沒有太多的花拳繡腿，或虛幻招數。就是專研一個角色，或是專研一套戰術。最強化、最大化、最速化，以達最速傳說……

如此，已經可以贏得九成以上的戰役了。

以前我在家打紅白機，任天堂遊戲。鄰居一個大哥哥來我家一起玩。他驚呼連連：

「為什麼你這麼強……人機一體、人馬一體惹（馬力歐……）」

長大之後，在實習醫生和住院醫師階段。有人說內視鏡操作，像是玩電動玩具一樣，很會打電動的，有優勢喔～～～

我目前還沒到那個閾值，只是期待說，以後量多到，可以實力大噴發，眼睛閉著也會開刀。

啊嘶～～～～～（射）

「重劍無鋒，大巧不工」

這是我的白話文解釋。

以上。

七、不鼓勵線上學習

不過線上學習，確實有好幾點好處。

1. 可以倒帶（不是蔡依林……）

如果不確定講師講的，或是PPT還沒看完，就按下一張了，我可以讓時間暫停！（謎片的神奇工具……不知道去哪裡買？）

修旦幾嘞～～我再看那個橋段幾次。用月光寶盒，可以看七七四十九次。看到懂、看到飽，順便截圖一下重點，存起來（好孩子鼻要學……）。

林良嘞，我想到大學時候一堂課五十分鐘，放兩百多張密密麻麻文字的PPT…… 狂按下一張，而且課後不給PPT檔案＝＝

如果來上課的老師，這麼不用心準備教材，我真的是希望你不要來就好，浪費彼此的時間。垃圾都不分藍綠了，代課老師……（？）

如果是現場上課，光手機拿起來，就要偷偷摸摸惹，不然大會現場的妹妹會走過來：「哥哥～～杇妹ㄉㄟ～～～」

等到我倆，回過神來的時候，輕舟已過萬重山，又下一張了（乾……）

想說回去再查，幾乎，不太會了……

我們不要自欺欺人，剩下10%的機會……

（除非求知慾，強盛如許神……）

2. 作筆記很容易、很方便

截圖，圖上直接作畫，儲存（好孩子鼻要學……），加上時間暫停……。

3. 隔壁的不會找你聊天

哥～ 等等要吃什麼……

你現在好嗎？

以後要去哪裡發展？

你現在主要作什麼啊？

有沒有興趣來我這裡？

我最近遇到一個情形……

你知不知道誰跟誰在一起惹……

淦，我跟你講喔～～

你不要說哦~~~

……

……

……

我只是個孩子……

我只想做個好人，我想上課……

4. 上課上到一半，餓了，或是突然 nature's call，我可以讓時間暫停……

在大會現場，怕錯過重要訊息，只能夾住肛門或是掐住陽關……

5. 線上學習裡，同一時間，三個房間裡的內容，可以全部看過

真正的平行時空已經來到……E=MC 平方（什麼、什麼？？）

在大會現場，只能開一個房間……

在家裡、在線上，我可以開三個房間……

無關身體好或是不好……

6. 可以睡晚一點⋯⋯

我剛剛睡到八點二十，八點半開始上課⋯⋯（挖鼻孔）

7. 我可以穿內褲上課

沒有儀式感的問題⋯⋯（抓屁股）

8. 如果講師講一些，比較無關重要的五四三，我跟許神一樣，會像看謎片一樣，前面滑過，看重點部位即可⋯⋯

9. 如果看得很累，可以穿插看《紙房子》，我還沒看完

我的阿咪狗們，現在正在搶西班牙銀行，警察殺進去惹⋯⋯

啊！我在上課？我對不起你們⋯⋯⋯⋯

10. 隨時可以手機、電腦查資料

作筆記，時間暫停，這個真的很重要……

線上學習，當然也有不好的東西。

1. 沒能見見好朋友，或是看到新的人

從可能有新的火花和契機，無限發射和無限可能，變成有限發射和有限可能。

2. 中午的便當 downgrade ，我只能吃滷肉飯，而且自費……

3. 儀式感沒惹……

我穿西裝還不錯看，沒ㄌ……。在家穿內褲，崩壞……

4. 紀念品沒惹……

5. 老師們會點名：

「乾！楊沂勳你在哪裡？！人嘞？！」

（os：我在你心裡……）

6. 不能看現場的擺攤

其實廠商的設攤蠻棒的，有很多新的儀器，或是武器可以買，像是軍火庫……（我的Amigo們有很強大的軍火庫……現在正在廝殺中……）。工欲善其事，必先利其器。

7. 不能幫學長去現場簽名，學長可能生漆漆，下次不給問惹……學長，給問嗎～～？（黃飛鴻手勢）

8. 現場有冰淇淋可以吃

不管是嘴巴吃的，或是眼睛吃的都有。線上學習沒有，只有許神的謎片……

9. 在家學習，要強大的自制力

不然會躺平睡覺，或是像我現在在畫唬爛……

10. 沒辦法看到現場觀眾的提問

提問也可以看到新的問題、新的點。

還有，講者有時候會藏步不想講，觀眾提問的時候，有時候不得不講一些……XD

總之，美容外科年會辦得超級棒的！

線上和現場都一樣

超級棒！！！

就．是．PRO。

除非有強大的自制力，不然不鼓勵線上學習……

我要回去上課ㄌ。

#學習

八、我的人生一路在修改

未來方向的基石，一一的快要落下。

像是火車軌道上的轉轍器（switch），一一的為火車，轍出了方向。

最後一次開庭完到現在，四個月了。剩下最後的判決，主要照顧者在哪？台北，高雄？是好是壞，我都有規劃和打算了，也為了那一天的到來，我準備了很久、努力了很久。一路上，只要雙方誰的心理素質和韌性不夠，累了、乏了、疲了，或是誘惑來了就轉身，就是放棄了。

三年就這樣過了，在人生最精華的三年裡。我們能有幾個三年？

我在凝視黑暗的同時，黑暗也在凝視著我。

沒那麼恐怖，不過類似的概念。

這些日子透過「尹太志的牢騷日記」，認識了不少人。也發現，我常常能引起共鳴的時候，都是按讚的朋友，心有所延伸。心裡哪個點，可能不小心又被我這個討人厭的傢伙，觸動了、蕩漾了一番。透過了我的反省，朋友也能覺察自己的不是，或是還可以進步的地方。

我們都不是完美。

但是，都有心的做「我的人生一路在修改」。

為什麼要設「尹太志」？

說實話，當初只是想要把「楊沂勳」藏在一個藝名後面。深深的埋入，看看，是不是能保護著「楊沂勳」。

他受傷的很深沉，一頭傷痕纍纍的雄獅。

同時間，也希望，有一個頻道可以暢所欲言。還可以讓別人知道，我在國境之南，資源有限的情況下，竟然可以做得這麼棒！毫不遜色於大都會。

「我不想溫良的走入那夜裡。」

這是「尹太志」生成的根本原因。

後來，也因為「尹太志」，被數個大師注意。

發現，有一個特別的角落生物，狂妄而不恭的小學弟，竟能有一番小氣候。

如此，一切很無法預期的，又多了一些發展。

我後來也發現，對我略有興趣的大師們，某些程度，都跟我有點類似。專業上的執著，不強推。在醫療服務業氛圍，已成形的世界裡，還能保有一些，作為醫師的風骨。出身背景低下，但執念強大。喜歡思考著人生，或許跟我一樣，常常自我對話著、激勵著自己。

當初學生時期，常常來亂的小志第三人稱，現在是小志最強大的後援，憐惜著、鼓舞著，愛著小志的一切。缺點也是。

如果你都不愛自己了，誰還能更愛你？

非常的努力，雖然我們天生資質的基台不同，我是中等程度而已，大師們是高階 CPU，八核心、海量計算。不過，我運轉的很久，所以好像還能跟得上你們一些。反正我也一路從鄉下小孩，混到變成一個優秀而正規的整形外科醫師了。

我跟不上大師們，快速而優雅的腳步，但是你們也一路甩不開我啊！

我永遠在後照鏡裡！

哈哈！

常常說，文人相輕。但很多時候，其實文人也是相親著。類似特質的人，會吸引到自己的注目。每天多花那幾十秒鐘看看，這小子，今天又有什麼新鮮事了！看看！

其實，我可能也只是大師們心中，某一觸角的延伸。

看到了我。

看到了自己。

Birds of a feather flock together.

大概是這個意思吧。

講這麼多，突然不知道要怎麼結尾。

不然講講《對不起，我愛你》日誌好了。

我們每個大男人，尤其事業有成的，一定要知道，工作和事業上的倔強、堅持和桀驚，也許能對你的事業，帶來巨大的成功和進展。而後，能鶴立雞群、喊水會結凍。

但是，絕對不要把公事上的那一套，拿回家。

那一套倔強，也許能帶來你事業的成功，但可能也會帶來你家人的受傷和離開。真的沒有什麼，「我本來就是這樣！」的強詞奪理。

放下，要放下！

王八蛋，我叫你要放下！聽著！我不要你這個王八蛋！

最後一個人，我實在沒這麼多憐憫心分給你了！

在外對人親切，為人和煦。對內，對愛的人，更應該如此。

不要想說回到家後，就要好好的作自己。

如果你真的都很好好的「作自己」。

那可能真的會「變自己」一個孤家寡人。

不要後悔莫及了。

不要在生活上，難為著你最愛的家人們。

愛要說著，對不起要掛著。

我也還在學，我們都應該要學著，男人們。

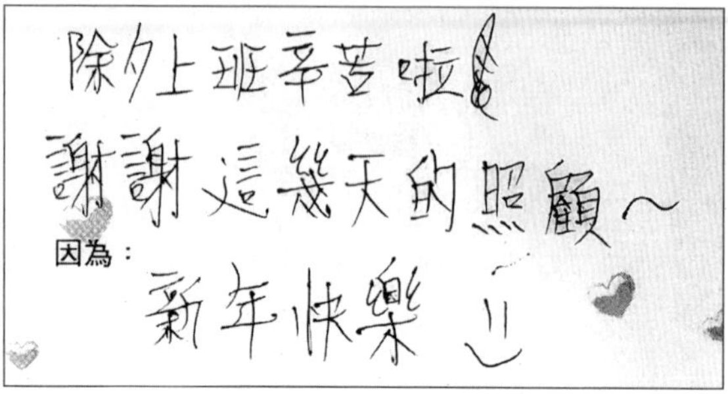
除夕上班辛苦啦
謝謝這幾天的照顧～
因為：
新年快樂 :)

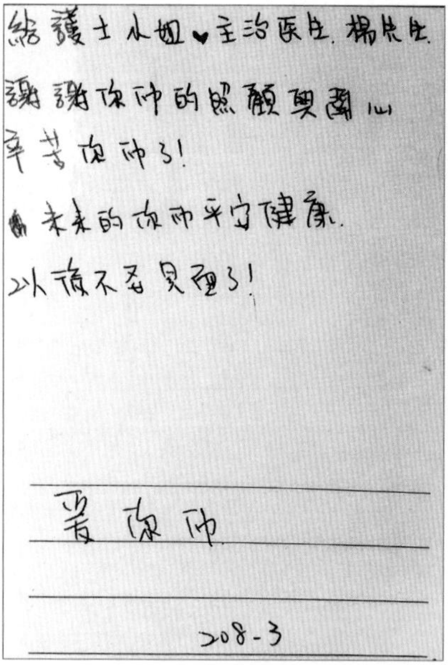
給護士小姐♥主治医生.楊先生.
謝謝你們的照顧與關心
辛苦你們了!
祝未來的你們平安健康.
以後不要見面了!
愛你們
208-3

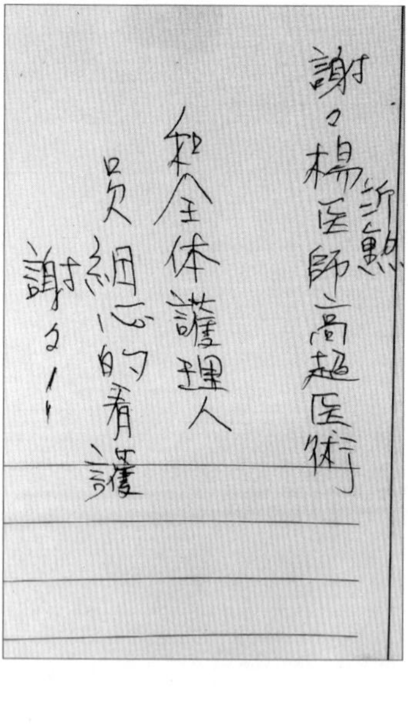
謝謝楊沂勳医師高超医術
和全体護理人
員細心的看護
謝謝!

偏鄉醫療

一、孤獨老死

日常在處理一些急重症的病人
總會遇到一些挽回不來的
尤其一些獨居的、羅漢腳、或是兒女、兄弟姐妹沒在聯絡的
其實感觸蠻深的

我們初到這個世界的時候
每個人都是白白嫩嫩的嬰幼兒
肥手肥腿的
迎接我們的
是愛到滿溢的爸爸媽媽、爺爺奶奶和親戚們
滿滿的愛和祝福
與我們的成長同行

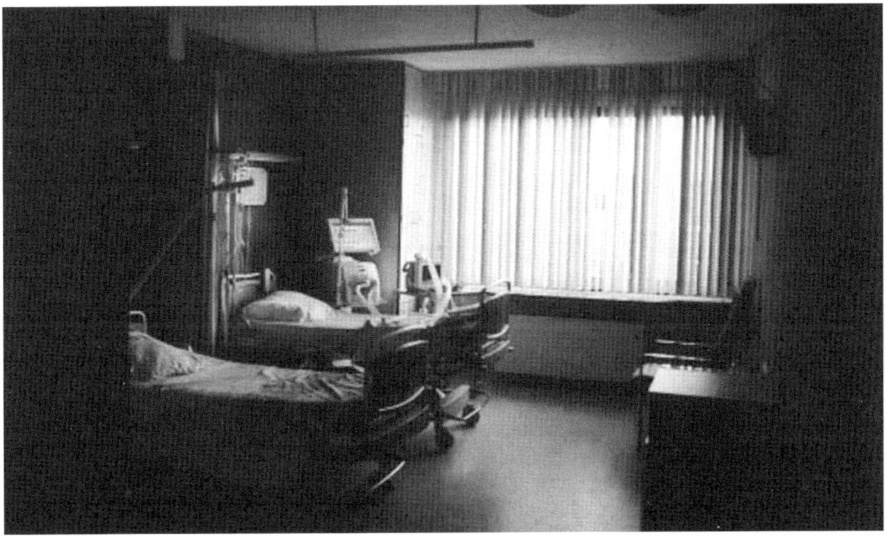

慢慢的，年紀越來越長後
又過了五六十載
甚至到了臨終之際
常常看到這些獨居、羅漢腳、親屬家人都沒在來往的
自己慢慢的在醫院裡凋零
有時病危時候，告急了
要聯絡家屬再次來到醫院
常常聽到電話一端　冷冷的說道
沒關係，你們處理就好
不用留一口氣回家了
在醫院就好了
看社會局或是葬儀社怎麼處理
我們沒在來往了

我了解這些都沒在來往的家屬、兄弟姐妹或是兒女們的想法
可能年輕時候有過　過節
有過衝突
或是金錢上的糾紛
後來老死不相往來
也可能　可能
只是年久失修　完全沒有聯絡而已
時間沖淡了一切
包括感情和親情

沒有苛不苛責的意思
這是每個人的選擇
也是每個人自己的業
是這輩子的功課
只是

看到這樣臨終的人
沒有親人來到病榻前面看看他
或是送他一程
總是難過襲上心頭

羅漢腳的父母親可能早已過世不知道多少個年頭
如果他們在天有靈
看到自己的孩子
當初這個小寶貝（雖然也已化為老翁）
在臨終、告別這世間之際
卻是這樣孤獨和悽寒
他的父母親在天之靈
不知道會落下多少淚水
沒能抱抱自己的孩子
病榻臨終的老孩子

鬢角蒼白而落寞

兄弟姐妹
小時候無憂無慮的玩在一起
一起騎馬打仗
一起買糖虧妞兒
現在
也沒能來看過
電話一端說著
你們處理就好，我們很久沒聯絡了

是我太多愁善感
還是這社會的現實巨輪，滾得過於猛烈和讓人措手不及
我總是覺得痛

不是個案
而是每段時間就會遇到

臨終之際
如果還能有些錢在身邊
也許
親人或朋友還會來探望
是真也好
是假也罷
總是有人來走走、看看
沒錢的羅漢腳
這輩子就在無聲無息中漸漸殆去
沒有人注意到
也沒有人掉下一滴眼淚
悄悄的我走了

正如我悄悄的來
揮一揮衣袖，
不帶走一片雲彩。

一路好走
我會為你默哀

沒有對錯
只有活過。

二、既然無法改變 何不就好好完成份內的工作？

很多事，我試著正面思考。

但有些事，光怪陸離。

我真的很難。

醫師之間都會有許多老病人，在彼此的門診流連忘返，看慢性病、回診著。因為年紀大，同時有腎臟、心臟、肝臟、新陳代謝……等等的生理性退化的問題，或是慢性傷口，很常見。所以我們醫師會彼此討論病人的狀況，也是常見的。為了病人最大的福祉著想。

有時候，遇到該位主治醫師，我們會關心一下、打聲招呼，稍微關心一下過去的老病人。

各行各業也常是如此，噓寒問暖著，讓老病人也覺得安心。

「我之前的那個醫生，還這麼關心我啊？雖然現在不是他主治。」

病人住的安心，安慰劑療法，實證醫學證實也會對病情有所幫助。

近日，我請教一位Ａ醫師，想了解一下我鄰居一位老太太的狀況（高雄、恆春，兩地往返）。

老太太胸悶了一段時間，在Ａ醫師的門診看了數次。

Ａ醫師也安排老太太去高雄，做心臟相關的進階檢查。

因為醫病雙方的知識背景，差異太大。

老太太連為什麼要去市區做檢查，檢查結果是如何，聽完解說後，也不是很確定，有點一頭霧水，希望我幫忙了解，希望我有機會遇到Ａ醫師可以請教一下。

近日，我遇到Ａ醫師了。

我打聲招呼後，我切入主題，詢問鄰居老太太的心臟狀況。

我：

「Ａ醫師你好，您記得門診一位病人某某某嗎？」

Ａ醫師：

「我不記得誒、沒印象。」

我：

「okok，她在你門診看了數次，有胸悶問題，名字叫某某某。」

Ａ醫師：

「我不知道誒，我沒印象，我沒看到病人的臉，我不會記得的。」

（其實不用責難，很多醫師確實是如此，醫師也是人，不可能記得所有病人的名字和臉，需要病歷紀錄來幫忙）

我拿了鄰居老太太傳給我的賴，和相關問題，我手機直接拿給Ａ醫師看看能不能試著，幫他喚醒一點，他病人的印象。

事實上，老太太昨天才回診。

Ａ醫師說到：

「我說了，我不記得這病人，除非要看到臉，才有可能。對了，那有什麼事嗎？你有什麼事嗎？」

（過程中，他講話的方式很冷、也很傲，我已經開始受不了了）

他後續接了一句：

「反正我是沒有要在這裡（枋寮）生根的人，有什麼事嗎？」

林北的無名火來了

我直視著他。

他也看著我。
他問怎樣了嗎？
我說沒事，我就想看著你而已。
沒事。
就這樣，我直瞪著 A 醫師雙眼。
一切在靜肅、沉默中結束。

說實話，你的生涯規劃是怎樣，那是你家的事。
你要不要在這裡扎根或是生根，那也是你自己的事。
跟我和病人一點關係都沒有。
我只是問你，你昨天回診病人的狀況如何，老太太是我的鄰居。
你從頭到尾，冷言冷語，還跟我說，你沒有要在這裡生根。
你，到底在說什麼？

你可以不記得，很多醫師也是這樣，這是還好的，那故事就結束了。

但過程中，你冷語冷眼、傲氣凌人的跟我對話。

說實在的，我是你請的嗎？

你醫師跟我醫師對話尚且如此，我不知道你這個大醫師，跟病人對話的方式，會是如何？

記得義大醫院杜元坤院長的自傳裡，說到一段故事：

他年輕時候，藝高人膽大、氣勢凌人、意氣風發，對同儕和病人都是如此。

直到有一天查房時候，杜院長親自開刀診治的一位非常困難棘手的病患順利要出院了。家屬們唯唯諾諾在病床旁，看似想說，卻又說不出口。

最後，一位年輕、比較衝的男家屬終於說話了：

「杜院長，我知道你真的很厲害，也知道你幫我媽媽完成了這麼困難和艱鉅的手術，今天也順利要出院回家了。但是，每天查房時候，看到您對我媽媽講話的態度和方式，我們家屬，真的連『謝謝』兩個字，也說不出口……」

那一段話，震驚了杜院長，也震驚了拜讀他大作時候的我。

給 A 醫師您的建議是。

當一天和尚，敲一天鐘。既來者，則安之。

縱然你有一萬個不願意來到偏鄉服務、被輪調數個月來交代。

不好意思，我一句話比較不客氣的，你在醫學中心真的夠有本事、年資夠、或夠力，你也不會被外派來偏鄉服務。所以呢，既然被派來了，巴結一點，在什麼位置，作什麼事，這是給你的建議。醫中的身份會給你榮耀，也會帶給你包袱，是加分，也會是減分。看你怎麼應用。

目前，你應用的不好。

我的鄰居大有來頭，微服在門診進出，安安靜靜排著隊，不吵不鬧。

你知道嗎？你知道每個人後面的網路人脈和背景嗎？

唉，不優、不智、不誠。

我已經問過了我鄰居她在門診跟你的互動是如何，我想我知道你對這個階段性任務的心態了。

祝福～

三、頑固的老漁夫

一位勇健的漁夫，整個下肢嚴重感染、壞死性筋膜炎且整個足部壞疽。來的時候已經是敗血性休克，且昏迷不醒，命在旦夕。我們整外先大範圍的筋膜切開術，讓全部的膿液流出，先緩解他的敗血症休克，快速進出開刀房。待，後續生命徵象穩定下來後，建議他作膝上截肢。

但，後來病人醒了，打死不要。說：

「就算是死了也不要截肢，因為少了一隻腳，活著沒意義，百年之後，怎麼回去見列祖列宗？」

所以打死不要、寧死不屈。

也因為病人醒了，意識清楚，家屬也沒辦法代為決定，只能尊重老漁夫的意願。

就這樣停滯著，不上不下。

一個月後。

又回來找我了～因為老漁夫的腳好不了，人卻也死不去……

壞死的腳開始發臭了，家人們開始從一開始的惋惜老爸，到後來變成每天在念他老爸說：

「腳都爛了，明眼人都看得出來，瞎子也聞的到，又臭又恐怖，幹嘛不截？」

臭的要死，其他的家人、小孩也不敢靠近他，全家愁雲慘霧。

老漁夫天天被念，後來受不了了……跑來同意要作膝上截肢了（老漁夫頭低低的）。

但，屋漏偏逢連夜雨。

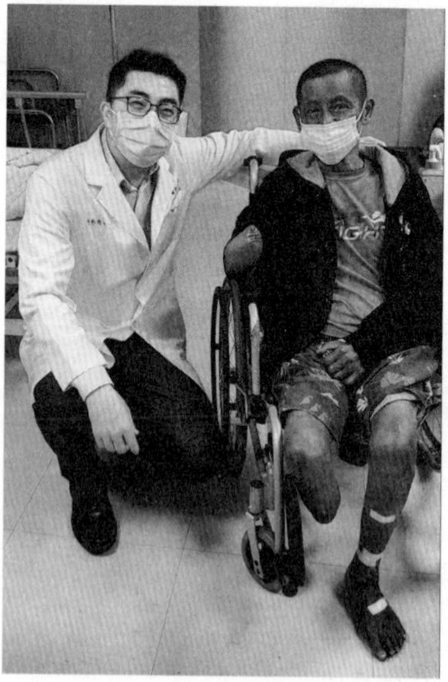

傷口的細菌報告是抗藥性金黃色葡萄球菌，無法同時行關閉手術。

在解釋一番學理給家人、病人和該科醫師後（整外是被會診醫師）（過程真的很盧……），同意膝上截肢後一個月先不關閉傷口，先回家換藥一個月再來縫合。

總算，近日將傷口縫合完畢而且過關，安全下莊。

我近日也問病人，為什麼當初這樣打死不截，寧死不屈？

義肢裝上去之後，還是可以走來走去、去捕魚，至少可以去買魚。

他回答的很妙，說：

「我不知道誒，當初那個人不是我，我不記得了～」

我跟他的家人面面相覷⋯⋯

（楊某想掐人脖子⋯⋯）

總之，也算是過關、撿回一命了。

我的結論是：

只要觀念正確、擇善固執、不妥協，還是有機會救回許多即將凋零的生命。

好事多磨啊～～

此外，長期被家人碎念的力量是很大的，不容小覷～

慎之慎之啊⋯⋯

四、習慣艱辛了，還是習慣了幸福？

人是很特別的動物
可塑性高，耐受度也高
關鍵是在於心，只要夠強韌
一切就近幾可成

近日老爸提到他年輕時候
在我的年紀，將近三十年前
他上著大夜班，從事製造業者
當時景氣好
還沒工業 2.0
傳統工廠無日無夜、三班的人力在跑
老爸上大夜班上了好幾年
早上回到高雄仁武家的時候，只能小休片刻

因為後續會被我阿嬤叫去田裡作事
家裡不請工人的
家裡大大小小的田地都是自己家人們來耕作和犁田
老爸耕作到下午時分
才會被阿嬤放回家，再小睡一下
等半夜十二點上班
而上班的路程
就是我現在每天開車經過的屏南工業區
高雄、屏東兩地往返
大夜時刻
當時的路面、路況普遍不好，柏油路闕如
重點是
騎著摩托車兩地往返
一騎就是好幾年的半夜

說實在的
想來就覺得很辛苦
如果我是我老爸
我一定會懷疑我媽不是我媽
我一定是被抱來的
我媽把我當成　吃到飽的概念　在操
那時候的時空背景還不少這樣的抱養

我每週高雄、台北至少一次以上的往返
400 * 2 =800 KM
高雄、枋寮，單趟車程 65 KM
來回 65 * 2 = 130 KM
如果每週六天上班以計的話
130 * 6 =780 KM
（坐火車的話，火車繞更遠）

所以一周的基本車程為 780 +800 = 1580 KM
如果一個月四週以計，我大概是超過 6000 KM
那是基本消費額了
還不包括自己和家人開車出門吃飯，或是辦事情……等等
一開始覺得苦
其實久了久了也習慣
所以說
人，真的是一個很能習慣的動物
再苦的日子
久了也會淡然以對
再甜蜜富饒的日子
久了也感受不到幸福的滋味

要時時刻刻檢視自己所處的人事物，和地
不要慣性生活到

不懂得反抗、或是改進
抑或是
也不懂得珍惜了。

我的 Google 定位應該是這樣

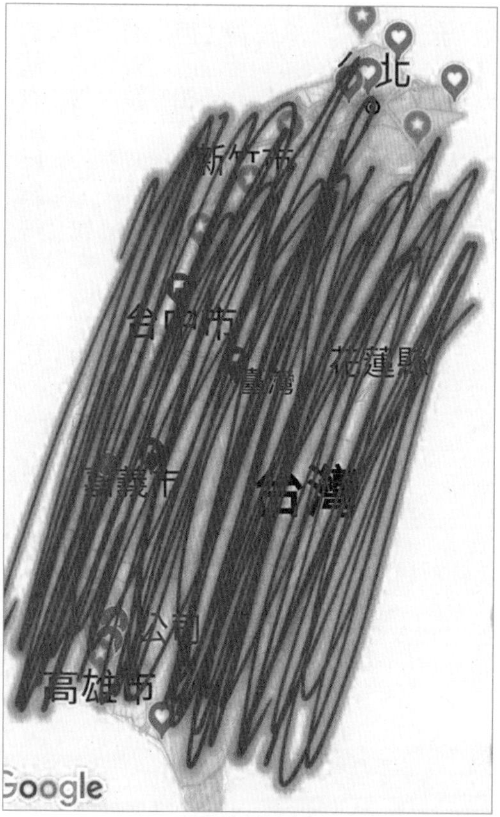

五、枋醫開刀房，魔球版

前些日子，看到布萊德彼特（Brad Pitt）主演的《魔球》（真人真事改編），讓我想到枋醫的開刀房。

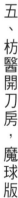

在枋寮醫院裡，目前每個月大概四百台刀上下，每天平均有十～十五台左右（扣除六、日刀比較少的日子）。這裡的刀，琳琅滿目、盤根錯節、應有盡有。骨科、泌尿科、一般外科、整形外科、神經外科……等等，還有二十四小時的救腦、救心。

如果看倌覺得我們只是開開小刀、打打牙祭，那你可就錯了。顯微皮瓣重建、美容刀、內視鏡肝膽腸胃手術、微創脊椎外科、DU 泌尿道雷射、胰十二指腸切除術（pancreaticoduodenectomy, Whipple operation）……等等許多進階或是中大型刀，在這裡也都習以為常了。因為這裡有眾神明在，沒有心臟或是心臟極度大顆的那種外科、麻醉科眾神明們。

一年多前，這裡每個月的平均刀數是兩百～兩百五十台之間。

一年後，每個月大概四百台左右，而且大小難易的刀和術式都有。

重點是，開刀房的護理人員和麻醉人員，並沒有增加太多，這些 members 竟然可以跟著我們的成長，一起吃下來、挺過來了。說實在的，我蠻驚訝的～

以我為例，一開始這裡從來沒有過整形外科，三十幾年來都沒有。從病房、門診到開刀房都是相關知識和技術闕如。我一開始來的一年半載，我也痛苦。許許多多時間在進行整形外科的半教育一樣，從零打造。至於顯微重建或是細緻的美容刀，一開始我也懷疑過這裡的 members，是不是可以配合上我的腳步。搭配的起來？開的下來？

後來，時間、事實證明，一切都是我多慮了，她們做得很好～

有時候酸甜苦辣、滂沱涕泗、歡笑鼻涕縱橫之間，看看她們死白或是歐搭散的面龐。很多阿西阿西（註：北七北七）、嗆爆型人格、怪小、餓死鬼投胎、多重或雙極性人格、高級詐騙手（專騙醫師錢來買吃的，有人負責起鬨，有人武嚇，有人試著開破道理，分工極細……）等等的黃金糞便組合。這些人，竟然可以跟我們一起完成許許多多重要的刀，建立了許許多多的里程碑。而且品質、刀數和速度都已完善，雖不中完美，但亦不遠矣。我敢說，members在我的房間待過、活過、挺過那節奏，你要去區域醫院、醫學中心的一般級數的開刀房銜接，絕對不是問題。

像是《魔球》裡面的一堆棄子。組合起來，善用大家的優勢，形成了一個強大的常勝球隊，所向披靡。

當然我們沒那麼慘。

我們都只是阿西阿西的人。

我們身處偏鄉。

沒人要來。

來了，我們大家湊合著用。

竟然也可以組合成一個強大的開刀房團隊。

驚訝之餘，我也欣慰：

妳們挺過來了。

但重點是，上位者要有智慧，不是聰明。怎麼說？不要想說這群人可以無限上綱的持續加刀、加量上去。反正妳們都撐過來了不是嗎？一樣的人力成本在跑，持續加刀、加量，直到蜻蜓蟲撐不起最後一點點重量，或是，駱駝禁不起最後一根稻草，最後雪崩式的崩盤，而大家潰散。

院方不會有人想見到。

鄉親們更不會想見到。

所以，管理者的智慧很重要，不是小聰明。

有多少能耐，我們來做多少事，這是我一向的想法，也封為圭臬。

有時候想想，我偶然的決定來到枋寮打天下，是命中注定，還是一個偶然的插曲？

如果我沒來，是不是上上次的那個阿公，來不及到高雄就魂歸西天了？是不是上次那個二十歲的年輕人，沒辦法作顯微重建，就膝下截肢了？是不是近日這個重症病人，來不及去開刀房，人就掛了？……等等等等。

換個方向來想，我還在大醫院時候也處理過不少急重症的病人（現在有些跑到枋寮回診……）。我沒在大醫院，在那相對的平行時空裡，我是不是少醫治了那些人？少跟那些人結緣了？哈哈，真是一個謎團。人跟人之間的線和糾葛。

一個謎字，也無解，也無需求解了。

總之，一個人不是那麼的偉大，沒有人不能被取代。一個制度的設立起，才是可長可久的方式。而我們人呢？我的結論是，不用想太多。走到哪裡，做到哪裡，做好自己該做的。盡力的做，無愧於心，仰俯不怍於天地。順著那個流走，慢慢的，一切會明瞭，祂自有祂的安排。

總之，我知道，我和妳們這輩子的相遇，並不是偶然，是我欠妳們的、這輩子要來還妳們的。

大量鹽酥雞，希望還完了……

（楊沂勳，整形春秋雜誌，2022, Vol.3, P66～67.）

六、恆春半島人民的困難

一個小腿遠端外側的傷口，在別家醫院骨科打完鋼釘鋼板後，肌腱和鋼板外露。轉診給我，我透過設計雙蒂狀局部皮瓣（double bipedical flap，將前方及後方皮肉，往中間移行，外加植皮），讓傷口從本來的 6 x 2.5 公分大縮小了許多。但很遺憾的，還是有 2 x 1 公分大小，沒有辦法完全癒合。即便後續換藥 1 個月了，還是有肌腱外露。因此，我後續打算作旋轉皮瓣手術（propeller flap）來治療，但缺點是要拆開半個小腿以上的皮肉來完成。但為了這樣的小傷口，說實在的，我實在是猶豫。

所以，我想到了負壓裝置。

在詢問了數家負壓裝置的廠商，要請他們一路風塵僕僕從高雄到枋寮或是恆春去服務病人，效益真的不好，所以許多家都打退堂鼓和搪塞。好不容易找到一家佛心來的廠商願意從高雄下來，我也請恆春病人北上來到枋寮，在我的門診三方面一次會合。在我門診直接清創，後續請廠商協助安裝，三方面（病人、廠商、我）都可以用最小的心力一次就完成了治療，取代掉了一次次冗長、多方的無意義往返。

我常跟廠商大哥、大姐報告：

「不用來拜訪我，不用這樣浪費時間和精力，從高雄下來。如果我需要你們的協助，我會通知你們，各位再一次南下即可，我們一次就把事情完成。不用彼此舟車勞頓，也不要讓廠商『阿婆吹坎』，還要倒貼來完成這樣的醫療。」

一件事情要考慮長長久久的可行性，要大家彼此都有利。互利才能共生，共生才能有機會長久。不能老是要人犧牲或是作功德院，那是殺雞取卵，那是當人會傻一輩子。

很多時候，醫師更像是個協調者，我們可以三方、四方或是五方協調，讓一件事情盡可能的完善，CP值最高的方式完成落幕。也很多時候，我大可以別過頭不管，簡單一句醫囑請病人自己去高雄，或是廠商自己去恆春或是更遠的地方做事。可想而知，最後就是一事無成，病人的病痛會依舊。

勿以善小而不為。

我還在堅守著。也再次謝謝廠商大哥、大姐的協助。這不是成就了我，你們是方便了恆春半島的民眾，成就了你們自己的福份。

謝謝你們，我們一起把事情做好。

謝謝～

七、偏鄉孩子的顏面骨折

一個十三歲的男孩顏面骨折，術後四個月，骨頭癒合及外觀恢復良好。近日回來要將鋼釘、鋼板拿掉，以免影響日後臉部發育，變成左右大小臉。

本來我預計一個小時的手術，但實際情況比我想像中的困難許多。首先，因為是小朋友的顏面骨折，所以一開始都是以細微鋼釘、鋼板（microplate and screws）來作固定。要打就不好打了，取出更是麻煩，很怕掉到眼球或是上頜骨深處，那就完蛋了，所以一路上戰戰兢兢，如履薄冰；其二小孩子發育快，許多地方骨頭已經爬滿了鋼板鋼釘，幾乎完全覆蓋住，我還要額外用磨骨器（burring），去一層層磨掉骨頭，才能開始試著取出鋼板、鋼釘；其三用磨骨器磨過後，許多螺紋已經糊掉，螺絲起子根本咬不住鋼釘，沒辦法無痛旋出鋼釘，實在是痛苦，最後只能鑿骨、磨釘或是用老虎鉗咬出螺帽等等方式取出，十八般武藝全上了；其四，之前我選不留疤痕的眼內開（結膜切口），現在當然還是眼內開取出，

註1，男生的顏面骨頭發育和成形，可以到十八或二十歲之譜。

註2，清貧人家，所以一開始沒辦法負擔可吸收骨釘、骨板，那是數以萬計的材料費，選擇開第二次刀，取出鋼板鋼釘。

第一次手術要放鋼釘鋼板就不容易了，現在第二次手術要取出，傷口內滿佈疤痕和纖維化組織，硬梆梆如橡皮，傷口又只有兩公分在眼內、又接近眼球邊緣操作、又是磨骨又是鑿骨，吼～～～～實在是危險和痛苦；其五，最後取出密密麻麻的鋼釘鋼板後，要寫手術單準備作個，無風雨也無晴的ending，突然發現健保只能申報三千七百五十點（乾，不是元喔，是點數），換句話說，整外醫師、刀房助理、兩位護理師近三個小時的危險操作，實拿不到新臺幣一千八百塊，真的是苦上加苦。

有時候想想，整外醫師會離開醫院去做醫美，不是沒有原因的，因為我光推1CC的玻尿酸，淨利就近兩千元，CP值是完全、完全不能比較。

所以，真的要好好的尊重、鼓勵和愛惜留守在大醫院的整外醫師。因為說是作功德還算客氣，應該是說賠錢來兜，還比較實際。

因為其六，健保常常行政刪，為刪而刪，理由千奇百怪，光怪陸離，罰醫師二十～三十倍的金額為常，還什麼回推上一季等等（馬德嘞……）。這幾年在這裡我盡量做，善用所學、所知，盡量來幫忙。只是這樣的健保制度下，我對未來趨勢，整外專科醫師能否留守大醫院來服務，我很悲觀拉。

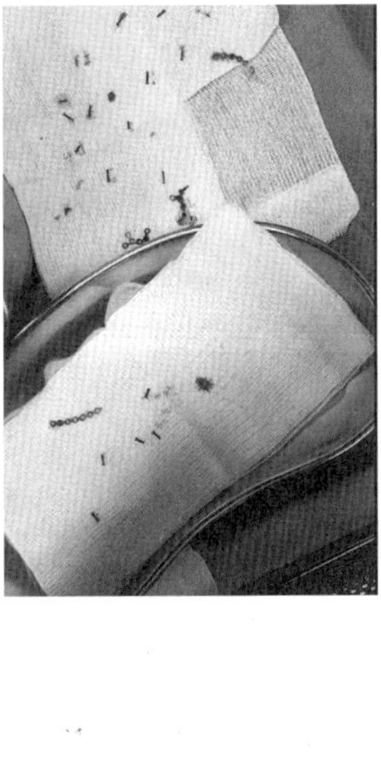

八、你來，我洗給你看。

植皮術後、皮瓣重建、或是外傷縫合術後，病人常常會有一個似是而非的觀念：

「傷口不能碰水！」

這個觀念常常導致原本的傷口已經好了，但上面卡一堆皮屑、藥漬、結痂、焦皮、角質沉積等等，既不清潔，也常常惡臭難耐，導致下一次蜂窩性組織炎或是感染的機會再次提高，惡性循環，如長恨歌般的綿綿不絕。

診間裡，常常我問病人，家裡的水是自來水嗎？

如果是，不用太擔心，傷口已經好了，你可以大膽的用清水或是沐浴乳清洗傷口，之後再用生理食鹽水沖洗過一次，而後上藥膏。

病人往往唯唯諾諾，之後陽奉陰違，醫生也往往知道，但又能如何？

上下交相賊大概也就是這樣了。

（意味，兩個人都知道對方做不到，但兩個人表面功夫或是口頭承諾都先作足再說）

因為無法破除那樣舊有的觀念：

「傷口不能碰水。」

於是乎，我常常在診間抓著病人的手或是腳，直接到洗腳台上清洗一次給他看，可媲美左腳右腳養生館，絲毫不遜色，差個沒附上涼水給他而已。

往往第一次都是病人、家屬端，驚呼連連、拍案叫絕、無法自己。

但這樣的大破大立後，病人和家屬也慢慢的可以從善如流、或是被我逼娼為良、或是趕上梁山了。

我常常反詰問病人一個問題：

「厘誒咖秀胎哥？阿是自來水胎哥？」

（你的腳漬比較髒，還是自來水比較髒？）

大部分病人會突然的頓悟，跟牛頓被樹上蘋果砸到，而後大徹大悟的表情類似。

一個觀念的建立和破除並不容易。

不是只有洗傷口這檔事。

還有許許多多的生活、工作，抑或是想法皆是如此。

我常常也引以為戒。

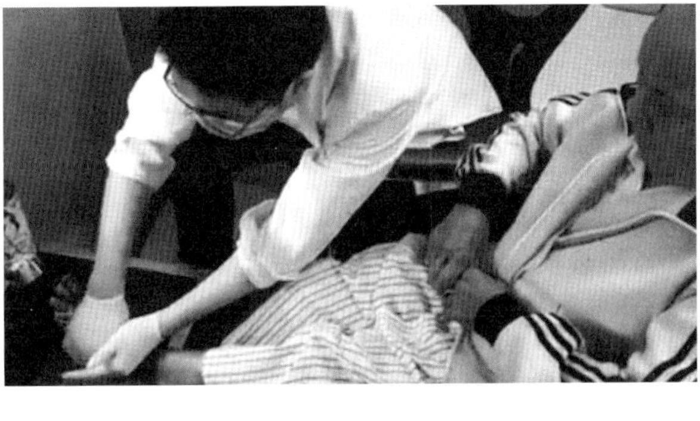

九、你對社會是正，還是負？

一位多個腳趾化膿性骨髓炎的阿伯，傷口未好已經三個月了。

傷口盡是感染性肉芽組織，x光片也顯示骨頭已經被破壞殆盡。

我建議他直接作前足截肢。

希望不要拖到後來，變成需要膝下截肢。

病人從一開始的抗拒、拒絕。

到後來反覆的病解過後，慢慢的變成可以接受。

只是到後來要安排手術的時候。

家人和病人反覆的問到：

「大概需要多少錢？我們沒有什麼錢……」

我不厭其煩的告訴病人和家屬說：

「錢的事先不用管，真的沒錢，欠醫院錢也沒關係。

有錢以後，再慢慢的來還就好，健保卡也不會被鎖啦！

不用擔心～」

我反覆的拍拍阿伯的肩膀好幾下，欲作勢保證。

病人說到：

「我們之前欠過醫院一次錢了，不想再這樣了⋯⋯」

我提到：

「不用擔心，你就好好的把腳先處理好。

之後才有機會繼續賺錢回來，之後再來還錢。

不然你這樣誰敢請你做工啊？」

講到了一些關鍵字，他們大概就聽得懂了。

今天也進來安排了第一階段的前足截肢手術。

後續待傷口乾淨後，再行第二階段的縫合手術。

病人和家屬很窮。

窮到三餐不濟、無法溫飽。

但也不希望虧欠醫院。

或是欠款其他院所。

說實在的，這比起一堆吸金、詐騙、要吃不要作的金融詐欺犯、有錢人好太多了。

也高尚許多。

那些詐欺有錢人們。

擺明了我就是來騙錢，反正錢你們就是找不到了。

要關就來關，關一天可以抵好幾十萬或是百萬。

關個幾年，抵個千萬或是億的，大有人在。

而這樣的人，擺明了就是要虧欠整個社會和民眾，來成就他們自己的爽度。

但我們奈他何？

他們身旁的豪宅、名車、美食、精品、比基尼，就是不會短缺。
防火牆都已建好。
即便東窗事發被追緝。
這些有錢詐欺犯們，脫產也脫的乾淨。
總有可以維持「基本爽度」開銷的方法。
身邊的行頭永遠不會少。

可惜這世風笑貧不笑娼。
有錢的壞人應取盡取、享盡一切。
沒錢的善人不想虧欠社會，拖到身體壞掉。
還不敢來就醫。
知法玩法的人，我們奈他何？
但從演化基因學的角度來看。
這樣的詐欺有錢人們，他們的兒女或子嗣才能繼續存活。

正宮、小三、小四……等等大家搶著生，百花齊放。
遍地開花。
兒孫滿堂。
多子多孫。
反觀這些沒錢的善人們，一一的消失殆盡。
被社會淘汰。
也消失於舞台。

就適者生存的演化觀點來說，是不是壞人比較適合生存？
演化樹從來也不管你是好人還是壞人。
這個問題我想了很久，也難解啊～

我們應該要好好的問自己：
「對這社會總淨值是正的？
還是負的？」

我後來才發現，許許多多負很多很多的人，都是社會的高官或是大老闆們。

該怎麼說呢？

乖乖聽話的只有等著被騙的份嗎？

這世道如何了？

十、男人們，辛苦了

0545 起床
0620 出門
0657 火車
閱讀、寫作、休息
0810 枋寮火車站
機車
0820 醫院
查房、換藥、看病房、會診和急診
0900 開刀房
有刀開刀
刀越多，我越狂

沒刀就看書～

1200 開刀房午餐
1200～1400
有刀開刀
刀越多，我越狂
沒刀就看書～

1400 門診
1700 枋寮火車站
閱讀、寫作、休息
1815 新左營火車站
1830～2000 英文家教
2010～2030 女兒視訊
2030 以後，自己的

洗澡
休息
跟家人、朋友們的聚會
看看你們的訊息
看看臉友的動態
思考一下自己，現在、過去和未來
2200 床上
2230 大概睡了~

一到五
周而復始

空檔裡，
會安排自己一周三天的跑步
學習刀

規劃六日，和孩子的行程
然後也稍微自憐一下，自己被離開的哀愁
多是用聽歌的方式

如此，
生活好像還少了些什麼？

其實我的生活不苦
比我苦的人
很多、很多
我是幸福的。

長越大越覺得
爸爸媽媽在幫我們維持的
簡簡單單、平安、幸福、健康的日子

背後，是需要多大的努力和用心
才能達到
給愛人和孩子們看到、感受到
沉浸在平安的幸福裡

多是
這些沉重
男人們沒能說出來
像是一個負蝂小蟲
只是一塊塊的，把重擔往身上放
一片片的背上肩頭

腹下的家人和孩子們
或許，無能感受到
這樣簡單、平安、幸福的日子

原來是爸爸，需要用多大的氣力去維持
才能有

孩子們
家人們
愛人們
多愛愛你們的一家之主
他很沉默
他不常說出口
其實，他也很愛你們的。

他的每一分心力，都在你們身上
你們是他打開眼，就努力工作的源頭
愛愛他
抱抱他

親親他

愛人、爸爸，辛苦你了～

十一、習慣的牽制

近日，我這三年、長期停在火車站的外部停車場漲價。
從單日一天一百五十漲到一百八十塊。
看似每天只漲三十塊，但如果日積月累的加總，以月或是年來計算，那也會是一筆額外的支出。
重點是，我自己內心是覺得，這是沒有必要的額外支出。
所以，我近日在思考，是不是有可以替代的外部停車場？

我稍微研究了一下，火車站周圍的地理環境和停車資訊。
後來發現一個比較可行的新停車場。
一樣為一天一百五，不過距離稍遠一些
要跨過兩個，清晨無車、無紅綠燈的馬路。
直線距離到火車站，可能增加五十公尺左右。
但是，車道進出的結帳方式，不能像以前一樣，用一卡通，直接刷卡進出，不用去繳費機。這家新的停車場，我需要出車前，到繳費機結帳，可能每天會多花一~兩分鐘。不過應該還好，因為出車會是在下班後，那個時間點的重要性會下降一些，無關緊要。

研究了這些資訊數周之後，我覺得可行。

其實一直想轉換過去這個新的停車場，單日的停車費用，可以一百八降回一百五。

但總是，心中的一個小懶惰蟲告訴自己：

「幹嘛這樣啦？五十公尺也是距離啊！幹嘛多走那一段？

（os 其實走路多兩三分鐘……）

以後出車時候要跑繳費機誒？浪費時間！

（os 下班後時間，無關緊要……）

每天早上趕火車時間不是已經將將好了嗎？你還增加走路時間？

（os 經過嘗試，時間一樣從容……）

要跨過兩個馬路誒！

（os 清晨無車無紅綠燈的馬路……）

一天多三十塊而已，拜託，你對自己好一點可以嗎？

（os 我女朋友告訴我……）」

總之，我自己的小腦袋也是這樣兩方爭戰。

後來我想到，我常常跟心僑說的，我們要嘗試～

要嘗試新的東西，或是不喜歡的東西。

嘗試過三次，如果真的不喜歡了、確定了，我們以後就可以說不要。

好嗎？

這是我常常跟孩子說的。

如此，我今天也嘗試了。

我今天總算，0630 把車停在該新的外圍停車場。

後續快步的走到火車站，搭 0657 的火車。

其實時間還算是從容不迫，沒有我想像中的壓迫。

走到火車站後，時間一樣充裕。

當下有豁然開朗，和成就小解鎖的感覺。

又突破了一段盲腸～

其實一直以來都是這樣。

如果我們要從一個環境、一個人、一個工作、一個生活習慣，跳脫到另一個新的領域。即便你知道，它可能是更好的人事物，但總是，我們心理層面會稍稍抗拒。就算是我這樣 open minded 的個性，也不免想要滯留於舒適圈的美人香，不敢、或不想踏出舒適圈。

小到：一個停車場。

中到：脫離一個已經習慣的人。

大到：轉換工作、生活圈或是生涯規劃。

都會有這樣的影子在。

即便經過客觀的思考和告訴自己，你會知道可行的。

但總是那個慣性、惰性或舒適度的黏着劑，會讓你滯步不前。

停車場的小轉換。

我也省思了近日的一些發生、對人習慣的脫離、工作轉換的躊躇。

透過停車場這樣的點亮思維 lighting。

也許我更能看清楚現在的擔憂是不是有意義？

透過客觀的判斷，你會知道，恐懼只是幻覺。
大步闊進吧！

十二、小船和扁舟

阿福，大概五十歲不到吧？原住民。是媽媽在照顧著。其實媽媽也不太會講話，都只是跟在阿福的旁邊而已。媽媽也嚼著檳榔。

阿福說：「都是我在照顧著媽媽。」

（我看著他的手跟腳……不置可否……）

媽媽老人家吃著檳榔。

不要覺得奇怪，這是這裡的日常，從青少年、成年、中年，到老年，都是如此。

阿福有多重重大疾病。

高血壓、心臟冠狀動脈阻塞（心肌梗塞過）、洗腎、糖尿病、高尿酸……等等。

之前敗血性休克，已經截掉了一條腿。

起初他來找我的時候，手指頭化膿感染，但是，感染的紅熱腫痛表徵，全然的不明顯。只有局部一個地方，腫起來。皮膚破出、流出膿而已。按壓也不會痛，不會熱、沒有紅，沒有發燒，白血球也不高。甚至他說到，沒有什麼特別的不舒服，就只是手指頭化膿而已。

（其實免疫力差到一定程度的人，發炎反應會起不來，看似人好好的，但是可能會一夕間突然的倒下，這是最容易有醫療糾紛的……）

後續，切下去之後才發現，傷口裡面大有文章。

已經嚴重的壞死性筋膜炎，及細菌性骨髓炎了。

所以一開始我的筋膜切開術，一路從手指頭拉到手掌，再從手掌拉到前臂。

非常驚人的劃刀……

（術中有請媽媽進來開刀房，病情解釋）

後續第二次手術前，在阿福醒的時候，跟媽媽一起討論。

我建議直接前臂截肢了。

因為手已經爛掉了、沒有救了。

再放下去，只是往上臂、洗腎的瘻管，感染過去而已。

會越來越麻煩。

其實，我也沒有解釋太久、太多。

阿福就直接說了：

「楊醫師，你決定就好了，我相信你的。」

在前臂截肢後，傷口相對乾淨了。我大針帶上數針，打算傷口觀察數天之後，讓他回家了。

誰知道，傷口又開始，汩汩的流出湯湯水水的組織液。我看不太對勁，直接在病床旁，線全部拆開。

後續傷口換藥數天之後，我讓他回家了。

阿福在門診跟著我，一周回診一次，一天換藥一次而已（燒燙傷藥膏）。

不要問，為什麼一天換藥一次而已？

燒燙傷藥膏的效期，不是十～十二小時嗎？

不是應該一天兩次以上嗎？

人在偏鄉，你要知道病人的難處。

這些病人、原住民，他們坐著輪椅。一天來一趟醫院的車資、物資、家人照顧……等等，都是一千塊以上。

一天還來醫院換藥兩次？

還不算掛號費呢！

他們的錢從哪裡來？

我常常鼓勵病人，帶著大瓶的燒燙傷藥膏回家。回家自己換就好了，一天一次就好。病人還住院的時候，我都會特別請護理人員，教病人怎麼自己換藥。

其實不難！

要跟不要而已！

但要用眼看、用心學！

用燒燙傷藥膏，病人自己換藥比較容易，不用無菌操作（病人和家屬不會無菌操作……）。比較不會痛，也比較便宜（一大瓶五百～六百元，可以換藥半個月以上）。誠心建議醫護們，不要在經濟困難的病人身上，再強推什麼自費的耗材或是敷料了。要看人推，他們已經是社會的底層再底層了。醫師的話是聖旨，再強推他們自費，他們便是親戚朋友全部借光、被斷光，後續過世了沒人敢來送，或是自己在家裡等死，不敢來醫院就醫。

唉……

要推自費可以，但要看人推～

還記得我們從事醫業的初衷嗎？

阿福在我的門診追蹤，一週一次。

滿一個月之後，我看傷口已經全然的乾淨了。

時間換取空間的概念，細菌應該清光了。

後續，我安排局部麻醉手術（他身體不好，盡量不全麻），把他的傷口關起來。

因為我實在怕他的傷口，關起來之後，再度復發，沒有即時的發現或是處理，會往上延伸到洗腎的廔管。之後會越來越麻煩，或是有生命危險。所以，我留了一公分多的小洞，請護理師每天換藥的時候，擠一擠。如果有異常，一定要跟我講。如果傷口真的不行了，就是再次傷口全拆，換幾個月的藥，到傷口痊癒了。

目前來說，術後兩週以上了，一切安好～

我很放心不下你，為什麼？

因為你全然的信任，還有你和你家人的社經地位脆弱。

鋤強扶弱，是我的天性。

你們像是大海裡的一葉扁舟，一個大浪來時，便可以把你們吞噬淹沒。

我像是一個稍大的船隻，開在你的旁邊，幫你擋擋風、幫你遮遮雨，適時的再給你一些補給。

我能伴行著多久？

我也不知道。

在大海、命運的舵裡，我們都只能隨浪隨波而流。

不是你而已，我也是。

但我知道的是，只要我在你身旁的每一天，我會做好對你的守護。盡我所能。

每個人都有他的階段性任務，但求能問心無愧就好了。

那天我問到：

「阿福，為什麼你越來越黑？」

阿福說到：

「我應該曬黑了吧～～（笑）」
我們在笑聲中帶過而離開。
沒有感傷，只有歡喜的眼淚。

十三、局部和全身麻醉

長越大越覺得，局部麻醉的刀，是真正修煉的刀。

特別是自費刀或美容刀。

為何如此呢？

全身麻醉，是在病人睡着的情況下手術。

病人的血壓、心跳、呼吸，甚至意識狀態，都可以被麻醉科醫師控制。

外科醫師要做的，就是專心開刀即可。

好好的，把手術做完就好了。

也因為病人全身麻醉睡著了，免除了許多、非關鍵處要補打麻藥的時間、精力，和安撫病人的費神。可以好好的手術，直搗黃龍。

師傅：切他中路。

此外，如果術中有無法預期的情況發生，還可以緊急求援其他的醫師。而且……病人醒了之後，不會知道有這一段插曲……一樣還是會認為醫生雄壯、威武、嚴肅、剛直、安靜、堅強……。

局部麻醉的刀呢？

小時候覺得，局麻都是小刀，長大之後才慢慢發現，真正能見真章和功力的刀，在此了～。其實是更高一階的。

待我娓娓說來～

局部麻醉，除了手術結果不能打折外，因為局部麻醉作手術，病人從頭到尾都是醒著，外科醫師要好好的打好、打足麻藥，或是區域麻醉的藥。如何在最少針數、最少cc數的情況下，讓病人有麻醉效果、痛楚最小化，手術時間也不要拖太長（平躺兩、三小時以上，就很不舒服了）。這關係著外科醫師的功力。

此外，病人是醒著，就算不太會痛，但因為是醒著的狀態，病人會緊張、害怕或焦慮。會非常注意開刀房內內外外的聲響，和人員進出（不要以為病人不知道……）。我們要盡可能，讓開刀房內有一個安靜、安穩、和輕鬆的氛圍。

這時候，音樂很重要。而音樂的選材，也不要選rock & roll，或是R & B這樣high beat、節奏感重的，這樣音浪太強！血會噴發……

（董茲董茲董茲董茲……）

外科醫師在手術的同時，還要安撫病人的心情，不要讓她緊張。之前我開一個局部麻醉的美容刀，護理人員在那裡大聲嚷嚷著，或是拿器械時候的敲敲打打、大聲的聲響，也都被我嚴正制止了……

（當然不能在病人前面兇，不然會讓病人更緊張……我只靜默，用很「殺」的眼神……「請注意一下」的手勢，告訴周邊，注意一下！不要開玩笑惹！！）

如果局部麻醉打不好，外科醫師手術本身思緒已經亂糟糟了，病人又狂喊痛，或是焦慮一直講話，外科醫師會更加麻煩、更加煩躁……。

此外，因為病人是醒的，更不應該有開不下來的刀，或是無法處理的情況發生（盡可能降低這樣的機會……）。否則，刀開到一半，醫生找師傅，手術臺上的病人，會怎麼看你呢……？

病人是醒的，疼痛、緊張、焦慮，會關係著他的血壓。而血壓的高低，也會關係著傷口，是不是容易出血、滲血。

一環扣著一環。

如果一開始就把疼痛、焦慮、緊張控制的很好，後續手術大都可以順順進行，著重「手術」本身即可。

如果在疼痛感尚存的狀態下劃刀，病人痛起來了～焦慮、擔心、害怕、懷疑……等等，一個一個來，連鎖效應來了，會比較難安撫。

我們盡量不要讓這樣的效應起來～

此外也發現，其實許許多多的刀，都可以用局部麻醉，或區域麻醉來完成。

（搭配 tumersent）

也發現，局部麻醉病人術後的意識、傷口、或是組織腫脹，好像都恢復的比較快。

沒有真正的實證醫學統計過，不過我確實有這樣臨床上的感覺。

局部麻醉可以完成什麼刀呢？

所有的眼周手術（提上下眉、顳部拉皮、眼袋內外開、提眼瞼肌、雙眼皮……等等）、簡單的隆鼻手術（許神說，其實局麻打的好，結構三段式隆鼻也可以作……）、局部抽脂、補脂、全臉埋線拉提、中下臉和脖子小拉皮、或是複合式拉皮（含筋膜層，莊主說局麻打的好，筋膜層也可以拉……）、墊下巴、法令紋、山根……等等等等，不勝枚舉。理論上都可以局部麻醉完成。

局部麻醉的美容刀，真的是一個好好能修身養性的刀。

要能靜下來。

要能運籌帷幄於腦海，喜怒不形於色。

手術和麻醉步驟，一步牽著一步，不要讓惡性循環 vicious circle，Cascade 瀑布效應產生。安撫客人以外，手術也要游刃有餘，能處理術中遇到的突發狀況。沒有人可以協助，只有你，和你腦袋裡的小宇宙。

要能如量子電腦京級運算一樣，大量運作和思考的同時，外表看起來，卻是很 chill。

所以我認為，局部麻醉的美容刀，是最能看出外科醫師的心性、定性到哪裡了。麻醉學、解剖學、該領域的專業技術、知識，和眼腦手腳協調並用，及同時能安撫病人的能力和耐心都要能兼具，才能真的開好一臺刀啊～（錢難賺呀……）。

不知道日後腋下內視鏡隆乳，是不是有機會可以局部麻醉完成呢？

我們拭目以待……

最愛的家人們

一、婚姻課程的結束

剛剛去上完課程。

快結束時候，老師請大家直覺式的，在地板上選一張照片，希望五年後的自己，會是怎樣？

我選了這張。

老師和同學問道：

「為什麼？」

我沒草稿的說到：

「我希望快樂。

我也希望人們如果可以覺察自己的不快樂。

是來自對別人的期待落空。

那，應該要解放自己這個念頭。

才能真正的快樂。

我已經達到了，但我需要反覆心性的練習，才能悠遊自如。」

老師問到：

「你後悔這段的婚姻嗎？」

我回答：

「如果可以選擇重來，我還是會選擇經歷這段失敗的婚姻。

為什麼？先不論後幾年的行屍走肉、相敬如冰。以及臨走前，把我往死裡打的攻訐。

在一起前幾年的美好，感謝妳帶給我。

至少填滿了那時候的空白歲月。

最重要的。

沒有妳，不會有她。

她，是上天帶給我最好的禮物。

為了她，如果要經歷那樣的痛苦。

我一樣毫不猶豫的選擇踏入幽谷。

為父則強。

單親爸堅毅、鋼鐵、冷峻的外表下，也可以很慈善。
只是妳不見端倪。
沒關係，都過去了~」

二、比悲傷、更悲傷的故事

這是十八年前在大一時候寫下的文章。

**

從鄉村走到城市，一直以來我便是如此：國小、國中、高中及到今天的大學，每每到一個新環境，我便覺家的偏僻之處（不指地點而是人情）。而我適應環境的能力不算差，也也許加上天生個性較內斂、老成，所以別人便不覺得我是來自很遠很遠的一方。而每隨著新環境事物的流動，每每自己看似正在融入這一個環境的時候，我內心的一角，不知道好像有什麼東西在悸動著，隱隱約約撥動著我不太想面對的一面。不過這力量是那麼的深沈、令人感到錐心痛，使得我不得不提起刀斧面對這個一直以來啃食著我血骨的暗獸，我決心和他面對面做一個了結。不是他戰勝了我讓我一輩子活在一種矛盾心態中淌血打滾著，便是我要殺了牠。

我要殺了這時常蟄伏在我內心暗處，不時在我感到孤寂的時候、探出頭來覬覦我那痛苦不定的心。

讓我為您簡略的說一下這獸吧。

每每在和同學談起親戚、家人，不是在國外進修便是身處著什麼大職；談起才藝，幾乎每一個人都能有東西說。但我呢？沒有。即使有，也是在大一一年囫圇吞棗的學，現在尚談不成氣候。而我是如此，我家鄉、我的家人呢？我只能說，更是如此。在那一種環境下沒有這一種競爭的心態。每一個人以安穩生活、平安一生為生活的職志，在閒暇之餘便以看電視、小賭亦或是閒聊來打發時間。相較於都會人會做一些比較「有意義的事」：看個書充實自己；逛個街打扮自己使得穿著不落人後，把妹、釣帥哥；吃個有名的餐館以解嘴饞，及當別人說起名廚也能日後提起吹噓一番；玩個樂，使得以後對兒女提起年輕的時後，老爸媽也曾年少輕狂過，不是平庸一生；學個才藝使得自己有所專長不至於淪落為庸人。

而這一切呢，不外乎從小開始父母親有一般鄉村父母親所沒有的「遠見」、精簡政策，用錢打造出一個「才子女」。相較鄉村下呢，兄弟姊妹都較為多數，而原本收入便比較少的家庭，將錢分配於栽培子女的錢更是為少。所以呢，相較於都會的孩子，我們都比較單純。單純到幾乎一點才藝也沒有。

以下是我對一般鄉村小孩一生的簡略平述：家裡月收入三、四萬左右（相信嗎？這算不錯了），所以呢，小孩子除了上國民教育以外，對於「關心學生的老師們」的一些課後加強補習，很多人不能負擔。當然還是有一些很厲害的角色活過了這些逆境，不過我需強調這「厲害」若是活在都市中，今天的成就不會只是高收入的醫生、工程師、名利雙收的作家什麼的，所以這不算是一種天分被環境埋沒嗎？

很幸運的，我雖然是鄉村小孩，不過我的家算是比較有錢的其中之一。所以呢，我能和一般都市孩子一樣的補習（鄉村中有錢的也只是能和一般都市人平起平坐而已）。

而我先說明一點，便是我今天能讀比較好的書、考上醫學院，是因為我有個很強烈不想輸人的個性（環境使然）。我的資質中等，不過我用功程度是別人的數倍有餘，所以我能上醫學院。別人呢？我說其他的鄉村小孩呢？他們若是能讀好書，可能和我一樣有個比較不一樣的未來。不能呢？不能的話，他們便會淪落小小年紀便開始去工作、賺錢。而之後的一生便是身處藍領階級，結婚、生子，如此循環著。

台灣的鄉村和都市像是人體循環般，一小一大，不過不同的是，他們不太交集著。就算有，也是為少，而能將這一種落差感寫出來的並不多。有很多原因。不過有一種便是，他們害怕著、害怕告訴別人說，你眼前這一位成就較為不凡的人竟是來自粗陋的鄉下。

我也曾經如此，不過我後來決定，我不想忘本，再好再壞那都是我的家。如今，我看著自己弟弟一步一步的走向我先前的所說，鄉村小孩的宿命。因為我看過了都市父母親比較「先明」的做法，書讀不好沒關係，學才藝、送出國（想想每一年一流學校學生佔全體比例是多少，其餘的呢？），不論是學得一口流利英文或是混張外國大學文憑都一樣能「搶救」這一個孩子。我呢？我也試圖力挽狂爛的對父母親說著這一個概念，要讓弟弟學些東西或是送出國唸書。不過我失敗了，他們的看法是，在國外沒人管不是會學的更壞嗎？我寧願讓他在這當黑手，也不要讓他染一身病回來（他意思是性病，因為我弟帥帥的，交過不少女友），你小孩子不懂得！

我不清楚是否是因為錢的關係還是他們有另外的考量，不過我知道，有時候及時的錢來栽培一個孩子，會讓他一輩子受用無窮。或是很粗鄙的說，不用做一輩子的藍領階級。我看我弟弟的生活是如何呢？學校成績差，補習（我爸媽試圖用教我的方式、不放棄的希望我弟覺悟、唸書不過近來好像也放棄了，但我不懂得為什麼他們不為弟弟想另種出路，一定要以為讀書是唯一的出路）回家後躲在樓上玩天堂並騙說在看書。假日便和之前的朋友或是堂兄弟去網咖玩天堂，回家後，便看著一演再演的國片之後便過了一天。這就是我弟的生活。

而我的堂弟們呢？除掉補習少一些、不是讀貴族學校，其他大致相同。

我們尚屬村中比較有錢的人家，不需要小小年紀便操煩著三餐，但是其他小孩呢？我不敢想。

我曾經聽我弟說，有一次在網咖看到一個小女孩的爸爸走進來（媽媽很早前跟人家跑了），丟個一百元給她，說他今晚去花蓮辦一些事，後天回來，讓她這兩天自己照料，之後便轉頭要走，而小妹妹便拉著爸爸叫他不要走，一邊哭著。這一幕讓我弟很難過，回來告訴我，我也很難過，不過我難過的比他多一點。多了他同情別人的遭遇，但不知道要同情自己。

我很幸運的。我國中不知怎麼搞的進了人情班。

之後又不知怎麼搞的，是國中班上考大學最好的一個。

同學會時，我們聊天，說著說著，我說我不是用人情進來這一班的、是真的幸運進來的。他們不信，而他們的不信讓我有種悲哀的感覺。因為其實到處佈著關係網，我算是誤闖這一個網的小小蒼蠅。如果我不是那麼幸運的進入人情班，老師管得嚴，我今天會是在哪呢？可能在機車行當個黑手吧。我是如此幸運，但是其他沒那麼幸運進入這一個關係網的呢？我不知道。這不禁使我有上品無寒門，下品無士族的感慨。還有一點令我印象深刻的是，每每和高中同學出去玩，有意無意間同學會提起：

「ㄝ，那打扮不是像你弟一樣嗎，台客一個！」

我陪笑著，也跟著開自己玩笑。不過我心裡淌著血，一滴滴的像針般的刺著心，而唱歌的時候，隔壁的台客妹點著眉飛色舞和電子舞曲。同學提起在笑，還說他們的機車應該是小五十，上還貼「限乘兩人」的亮亮貼紙。我猛然想到我老姐，一切都是那麼的真，一切都是那麼的環繞在我身邊。

我這麼久沒發覺，原來我姊姊是台妹，我弟弟是正在成形的台客。很多很多時候，每每我跟爸爸含蓄的提起弟弟以後的事，他便都說我「喝了半瓶都市墨水便要來提大改革嗎？」我不知道，我不知道是爸爸對了，是我資歷不夠容易被影響還是怎樣的？但是我知道的一點便是，如果爸爸錯了，代價是弟弟的一生。

我難過。

我難過活在這銜接處。

我難過小循環正在成形，圍繞我弟。

我難過能站高處看清一切卻不能伸手去阻止發生。

我難過我逃離了小循環不過沒法子帶弟弟從其他的出口來過。

我難過我從讀書出口逃出小循環後卻誤導我爸媽這是唯一的出口害了我弟。

也許吧。

也許我無事呻吟。

也許我自己想得太多。

也許這一切是再也簡單不過了——

我來自鄉村。

**

十八年後的回顧

1. 姐姐、弟弟確實蹉跎了一段歲月，但至今也都成家立業，步入正軌，也在幸福的殿堂漫步，至於其他的遠親晚輩……

反觀我，大齡剩男，是當初千萬意想不到的，孰勝孰劣呢？

2. 也許阿Q，但面對這樣的上下社會渦旋，至今我的領悟是，兒孫自有兒孫福，自嘲自解以視。

3. 來到枋寮偏鄉，我也有了不同領會。

不是人人都要功成名就，也不是人人都要榮耀顯赫的一生。

簡簡單單的柴米油鹽醬醋茶，家人們平平安安，安穩的聚在一塊，談天說地，是不是我們窮極一生才會領悟的幸福？

有人誤打誤撞早在二十、三十歲開始了這樣簡單的幸福，卻被誤解為平庸一生。

有人龍戰四方，一身功爵後，最後才在病榻前面領會，最終義的幸福原來是身邊的家人陪伴，後悔不已。

我在那裡呢？

我也還在尋找。

你呢，

你幸福的定義是什麼？

三、聖人模式

阿公、阿嬤有時候看到僑僑瘋瘋癲癲的、不受控，有時候講也講不太聽了。
（去罰站已經不怕了……會在哪裡對牆壁玩……）
總是要我稍作生氣樣，她才會收斂一點。
（其實也幾分鐘而已……）
老爸老媽，看我對心僑這麼有耐心。
為什麼呢？
其實我不是對心僑有耐心而已。
工作上，我大概也是如此。
而對心僑的耐心，我想也是一部分愧疚感，轉換而來的。
爸爸的工作忙碌。
爸爸和媽媽的分隔兩地。
妳來高雄時候的短暫。
都只是讓我，想要對妳更好而已。

有時候看妳在盧我、煩我、鬧我、打斷我做事情或思緒……等等。
我雖然覺得很煩。
要生氣了……。
但是後來我都選擇抽離自己，像從半空中看著我們兩個。
我會按下一個放空鍵。
讓小志進入神遊，或是聖人模式（男生們懂……）。
如此，我已經行之五年了……（五歲惹……）。
有時候想想，會覺得，妳如果是我的另一半，我可能早就把妳……
但是沒辦法。
妳流著我的血。
妳很鳥毛的一些舉動。
（ie：衣服沾到一點點水果漬，一定要換衣服……不然一直魯小小……）
或是體力無限。
（弟弟常常跟妳玩到很累，斷片、斷電，妳還是無限列車狂開……）
場景活生生就像是，007 丹尼爾・克雷格，看向自己女兒藍色的眼珠子一樣。

這是我生ㄉ⋯⋯
她舞著我的基因⋯⋯
爸爸有時候在想。
如果對另一半。
也可以像對妳一樣。
任勞任怨、毫無怨言。
當女兒一樣照顧。
是不是就不會有憾事發生了呢？
只是我對妳的愛。
是生物學上 unconditional love。
有生物印記、印痕在。
跟男女之間情誼的愛，有點不同。
是不是用什麼方法，可以讓自己對另一半的愛，也可以走入 unconditionally？
還是，要相互契合、配合，才是最重要的呢？
親情，愛情啊～

四、我的富且足

那天阿姨來家裡打掃（兩週一次）。

我回家時候，也差不多晚餐的時間，我除了買上我倆的晚餐外，我也帶了一份，一模一樣的餐點，給打掃阿姨。

我跟阿姨說到：

「阿姨謝謝妳。

晚餐了，這份也請帶回家吃哦～

辛苦了～

謝謝妳～～」

阿姨感動著……

其實心僑偶也會遇到打掃的阿姨。

阿姨也是看著心僑長大。

我從小也教育著心僑。
謝謝你、對不起、阿福。
要常掛在嘴邊，和放在心上。
心僑每次看到阿姨都會說：
「阿姨好！」
「阿姨，謝謝妳幫我們打掃家裡～」

沒有什麼貴賤貧富之分。
我們都是在從事一份，心安理得的工作。
沒有誰比較高，誰比較低的問題。
上週跟鄰居在屏東吃飯。
小弟請了上市公司的老闆吃飯。
像是野人獻曝。
我也不覺得有異⋯⋯
因為在我眼裡，你是我的朋友。
沒有頭銜，如此而已～

打掃阿姨每當要離開的時候。
我和心僑也都是送阿姨到家門口。
電梯闔起來之後，我們才轉身離開。
那是一種禮貌。

上次心僑買了一張卡片，很興奮。
排隊排了很久之後，換到她了。
她跑到櫃檯前，卡片直拋了上去。
我知道她是無心的。
但我不能接受這樣的無禮。
結完帳後，我們走到了門口。
我跟心僑說：
「妳剛剛東西用丟的，很沒有禮貌，妳回去跟櫃檯的阿姨說對不起。」
心僑委屈樣，後來，自己慢慢走回櫃檯。
我在門口等著。

她再次排隊著，等到她的時候。

她跟阿姨說著：「對不起。」

阿姨有點一頭霧水……

我便上前說明了：

「對於剛剛的拋丟，很不好意思的～」

這都是從小的教育。

我們待人和善，不見得需要什麼回報。

但是自己心裡能過得去。

我能做到，我希望孩子也能做到。

我也相信，積善之家，必有餘慶。

就算福澤沒有轉向到自己身上，但是正面感恩、感謝的心，已經是我們最大的回禮了。

我們不用家財萬貫，但求心裡能富足。

Abundance

五、郭阿姨

我的一生很特別，目前只有三十八歲，但是已經經歷過，大大小小、起起伏伏，非常多的事。多如牛毛。

從鄉下小孩一路的過關斬將、一路上的自我懷疑、冒牌者症候群。除了應付外面的競爭考試以外，還要花很多時間，挑戰和說服自我的懷疑。

從仁武大灣村，拼搏到高雄市區。再從高雄市區，拼搏上繁華的都市，台北。

學成之後，放棄高醫骨科，走入義大整形外科。經歷過八年痛苦的蛻變（R0到R7）。住院醫師時候，還藥物嚴重過敏過，史帝芬—強生症候群（Stevens-Johnson syndrome），差點死掉。那些日子，我還在擔心著值班怎麼辦？

我那時候，真的是奴性堅強！

後續，很多人已經開始享受，主治醫師的步調生活。我有病，我沒事找事做，又一路下殺到全台灣最南的角落裡，從零做起。後續，我的根，飄泊未定，下一個落腳點在哪裡？

實習醫師時候，腰長期酸痛，醫生用超音波診斷出，我有一個十公分大小的腎臟腫瘤（幾乎都是惡性，預後非常不好）。後續我被安排了電腦斷層，等待報告期間，我已經交代完我弟，和當時的女朋友（後來的妻子），我希望以後一切簡單就好。

「老弟，你要好好照顧爸媽。

我對不起你們。」

我和我弟在愛河旁，痛哭著。

我交代著身後事，不勝唏噓。

我弟那時候懵懵懂懂的。說真的，老哥我也未嘗不是。

我在想，我到底為什麼而來？

電腦斷層報告出來，那一顆腫瘤，離奇的不見了。

操作者腎臟科醫師，也是一頭霧水，反覆看著超音波圖，現場在幫我操作一次超音波，已經沒有看到腫瘤了。

主任醫師反覆對我道歉著，他說：

「我從來沒有發生過，這麼離譜和嚴重的操作失誤過。真的很不好意思！」

那一年，我二十六歲，其實我已經準備好身後事了。

稍長，經歷過一段婚姻，在一起十一年，結婚七年。後面結束的很不美麗，也是我人生的一大挫折。

伴隨婚姻的結束，是四年民事、刑事的官司交錯，我們彼此互告著、爭著孩子的監護權，把對方往死裡打。

法庭上，是一個彼此扒糞的說謊比賽，法官是裁判。

那是一個文革式的批鬥，批到最後的一份信任，蕩然無存。

我希望你們永遠不要經歷過那種煎熬和痛苦。

兩個人的相愛，到後來，撕毀成殘破不堪，為了什麼？

為了孩子的監護權。

現在呢？

一切雲淡風輕。

回首向來蕭瑟處，也無風雨也無晴。

離開義大醫院，在枋寮醫院從零做起，有幾個人有我這種傻勁和勇氣？

帶頭華人匯芳鄰們，直接對幹興富發。

當大家敢怒不敢言的時候，忌憚著黑白兩道通吃的建商。林北衝出來，指著那些滿腦腸肥的高層、巨商騙子們，劈頭痛罵著。據理力爭，帶動著我們華人匯芳鄰的大團結。迄今依然感情很好的聚在一起，有幾個社區大樓可以像我們這樣？

家事官司定讞的同一個月，發現前女友劈腿。

說真的，劈了多久我也不知道。

是是非非、恩恩怨怨、男男女女。

我想到吳宗憲，評福原愛的一段話：

「劈腿就劈腿了，不要回頭找理由。」

我已經沒有想要再責難的意思，緣起緣滅，我懂。

我只是想說，我經歷的痛苦和壓力。

那時候事情一起來，壓力只有大能形容。

今天聽到一個愛我至深，照顧我至極的阿姨，意外過世。

我真的不知道怎麼反應。
情緒的浪潮還未能上來，像是山雨欲來風滿樓。
我倚著，怕被情緒浪潮淹沒。

人生在世，我迄今不到四十歲。
我想表達的是：
及時行樂，想要做什麼便去做！
真的，不要等了～

近期來了一些挫折，別人看來很大，說真的，我已經心如止水。
這可能對我起了一些漣漪，但已經無法造成我的風浪了。
太多故事了。
我爸爸說：
「別人一生的酸甜苦辣、精彩、痛苦，和值得回味一輩子的事情。
你在三十幾歲時候，幾乎都走過了。

我這輩子六十幾歲了，都沒你的精彩。」

到底……？

我的人生很精彩，很多故事，很多起伏。

很多事情已經無法輕易左右我的情緒。

但有些事情，還是可以輕易打哭我、打碎我，脆弱的心。

是愛吧，關於愛，我永遠學不會。

郭阿姨，妳一路好走。

我會去送妳，謝謝妳的照顧。

時間會一直過。

一年後、

兩年後、

五年後、

右邊第一位白頭髮的，郭阿姨。

十年後、

人們會忘記妳，朋友會忘記妳。

不過我永遠不會。

因為妳也是我的家人。

妳會永遠活在我的心裡。

謝謝妳一直把我當兒子一樣照顧。

也愛著我的孩子。

我媽媽都說：

「郭阿姨是你另一個媽媽。」

郭阿姨，一路好走。

我會去送妳的。

六、爸爸，我跟你說一個話

昨天晚上，僑僑走到客廳的一旁。

煞有其事、很慎重的，對我揮揮手，說到：

「爸爸你過來一下，我要跟你講一個話……（😁😁😁）」

我嚇了一跳……

要幹嘛……？

該不會是什麼感性的話吧？

才四歲而已……

該不會要問，為什麼爸爸媽媽要分開之類的……

我忐忑不安著。

跟僑僑走到和室房、榻榻米上。

她自己把門關起來。

我正襟危坐著……

僑僑緩緩說到：

「我要跟你講一個悄悄話……（難過）」

她說：

「如果我說謊的話，是不是不能去天堂了？（要哭要哭的……）」

爸爸：

「對啊，爸爸不是給妳看過天堂的故事了嗎？書上面有說啊。妳說謊了嗎？」

僑僑：

「………（點點頭、淚眼汪汪）」

爸爸：

「沒關係～

爸爸跟妳說，妳閉上眼睛，手用拜拜的樣子。

跟天空拜拜跟禱告，像我們跟媽祖拜拜一樣。
妳閉上眼睛，跟上帝說：
『對不起，妳說謊了～』
什麼時候說謊的？
說了什麼？
跟上帝對不起，
說以後不會了～～
這樣，上帝會原諒妳的。
原諒之後，妳一百歲的時候，一樣可以上天堂啊！
但是，不可以再一直說謊了哦～
不然上帝真的會生氣。」

僑僑說好～
我問：
「妳說了什麼謊？」

她說有兩個。

一個是在幼稚園的時候（兩個多月前……）

有一天中午，老師問小朋友們，有沒有去上廁所？

準備要睡午覺了～

僑僑說，她跟老師說有。

可是實際上她沒有……

她很難過，也很害怕……

另外一個是，她最近跟弟弟吵架（其實是每天……）。

她很生氣，她跟弟弟說：

「我以後不要跟你玩了！」

不過，她說：

「我剛剛還是有跟弟弟玩，

我怕下地獄……」

😆😆😆😆

「好～～～～
妳乖乖～～
爸爸跟妳說一個話。
爸爸跟妳說一個秘密。
以後就算妳不能去天堂，爸爸也會去陪妳。
就算是上天下地，攪亂地府、大鬧天庭，爸爸也在所不惜。」

七、想要還是需要？

說真的，這一隻，真的很厲害，跟我的差不多一樣厲害……

其實我注意到這隻 dyson 吹風機，大概快兩年了。

我大概知道風很強勁，外觀漂亮、簡約，和俐落，還有什麼負離子功能的。

但是，之前大概就知道它一萬五上下……

一隻吹風機一萬五？？？

說真的，我連四千塊的吹風機都嫌貴了。用五年了還在用，相安無事、堅若磐石，舊機恆久遠，一支永留存。

一隻吹風機一萬五？別傻了……

我問自己，是想要，還是需要？

一萬個我，告訴我，是想要……

所以我就算了。

兩年就這樣過去了……

上禮拜，偶然在爸媽家，看到弟妹有這個 dyson 禮物（我弟送的）。

我洗完僑僑的頭髮後，偶然的使用。

天啊……

驚為天物……

真的跟我的一樣厲害。

用起來，像是投射和舞動著加州溫暖的小龍捲風，在孩子頭上一樣。

風來得，又快又準又大又暖，又好玩……

我真的愛不釋手……

我拿著到處走走，吹吹風。

像是街道清潔員一樣，用吹風器，狂風掃落葉。

驚濤拍岸，捲起千堆雪。

快哉此風啊！

此乃大王之雄風也！

後續，我查了價、也比價了一番。

東扣西扣的話，大概一萬三上下就可以買到，算是很划算了。

但，我還是在問自己，一個吹風機一萬多塊。真的是需要嗎……？
不過近日腦袋裡，有個小惡魔，偶然會攻擊我的村莊，會襲擊我的思緒。
每當我在理性猶豫的時候。
它會冷不防的踹我一腳。
說到：
「你賺錢然後都捨不得花。
捨不得用在家人和自己身上。
那你賺錢要幹嘛！？」

偶爾的家族出遊。
我一樣開著二〇一二年的休旅車。
車子我維護的很好。
但想到當初，本來是要買一台 alphard ，好好的犒賞一下家人們。
讓他們備受寵愛、尊貴，和舒適的乘坐著。
如今，車子也沒有買。

主要原因是，僑僑大部分的時間不在高雄。

我買這麼大台 alphard ，好像沒什麼意義。

而且 alphard 的金額也偏高，是一個奢侈財，不是必要。

……等等的想法，總之就是沒買了～

前些日子的家族出遊，我這台車坐滿五個人。

說舒服也舒服，說還有進步的空間，也還有。

總覺得，老爸老媽六十好幾了，還有多少年、多少時間，陪我們這樣走跳。

我竟然連一台 alphard，想要寵愛家人的車，講了半天，還是沒有買……

讓他們擠在我的車上。

身為一個大兒子的我總覺得有點訕訕然，不好意思。

總覺得，自己花錢過於精準，精準到像是個守財奴。

沒能好好的犒賞身邊的家人，或愛人。

實在是不應該。

我和僑僑的頭髮都不多。

其實本來的吹風機，就綽綽有餘了。
但這個我迷戀，已經押了我很久的 dyson 吹風機。
我想姑娘也是喜歡的。
所以也又破天荒的，被小惡魔臨門一踹（或說是小天使？），買了～
主要給姑娘用的～
這週回家的時候。
也特地去綠的家具，買了一對很厲害的枕頭給爸媽使用。
台北家的枕頭，他們偶然睡過，驚為天枕。
朝思暮想，不能自己……
我惦記著。
那天我特地也去買了一對。
讓他們在高雄家，也可以使用。
我們的人生能有幾載？
爸媽的人生還能有幾載？
適時的享受和浪費人生吧！

我這個守財奴，像是爸媽講的。
可能腦袋裡的一條筋，又直了吧～

想要還是需要？
我不是問吹風機。
我是問。
人生最重要、最要緊的事。
對你來說。
是想要，還是需要呢？

關於愛情

一、快艇手之戀

一艘大船
要遠渡重洋，到彼岸去
船上載有家人們
一路上雖然有風、有雨、有大浪
但總是，船體夠大
所以船上的家人們
鮮少能感受到，航行海上的險峻和顛簸
因為大船保護好好的

風、雨和浪來，只往大船身上鐵片打
船上的家人們，未能受到一點傷害
大船
默默的承受和靜置掉這一切的波折

相對的
一艘快艇
要渡過這黑水溝
不是不行
充滿浪漫、挑戰和幻想
但一路上
可能是
驚濤駭浪、載浮載沉、和隨風飄渺
快艇上的乘客們
從一開始的瘋狂、新鮮而有趣
到後來
可能會轉變成 痛苦、暈船、感受到危險
甚至，後悔踏上這旅程
一路上，也需要跟快艇手，一起遭受風雨侵襲、淋濕，和冷冽入骨

甚至
一起沉淪到大海裡
沒人能知道

大船和快艇，來渡過黑水溝
都是可以的

其實
大船船長也不是財大氣粗、揮金如土，如嫉世小說般的暴發戶
船長
只是為了一路上家人們的平穩和安全
比起快艇手
預先作了更多的準備
不論是時間、資源，還是規劃
在這人生的黑水溝上

船長先負重而行
才能維持船上的靜好
其實一切得來不易
船長是家人們也是

我們要常常思考
是不是很多時候，
我們身在福中不知福？
所謂的歲月靜好
是有人為我們負重而行
我們不自覺

像避風港般的巨輪
可遇不可求

遇到了
未能珍惜
愛上了快艇手的浪漫，來渡海
那一切只能祝福了

（楊沂勳，台灣醫界雜誌，
2021, Vol.64, No.11, P46.）

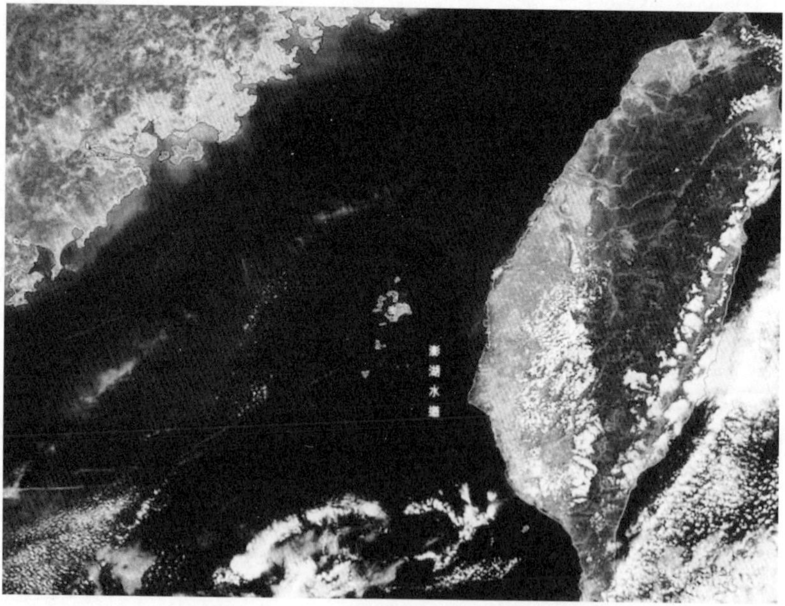

二、何苦呢？

記得小時候看過一部日本武俠片。

劇終時候，兩男一女，三人都是習武之人，在白雪皚皚、人煙罕至的地方決鬥。

劇中，感情之事、複雜至極。

Ａ男被劈腿、Ａ追殺著Ｂ男（其實，應該是Ｃ女的問題……）、最後Ａ、Ｂ互殺。兩個都差不多了，一個快死了、一個慢點死而已，Ａ、Ｂ都躺在大雪覆蓋的冰天雪地裡，地上都是鮮紅的印記。但隨著大雪的持續降下，血紅的畫布，也逐漸褪色，像是沒發生過一樣……

Ｃ女這時候走近，看著她的新歡Ｂ。

Ｂ男嘴角呢喃著，說他很對不起Ｃ女：

「因為，我就是妳的殺父之人，我一直不敢跟妳講。我認得妳小時候臉上的印記，不過打從第一天看到妳，我就愛上了妳。雖然我知道妳這輩子最大的願望，就是報仇，妳不知道原來是我。」

Ｃ女看到兩個愛人，快要死了。而自己的新歡Ｂ，竟然是不共戴天的殺父之人，自己竟然還跟他睡過……

愛恨交錯。

絕念之間。

還是補了Ｂ男一刀，直入心臟。

恨天怨地、肝腸寸斷。

她最後也自刎了。

最後鏡頭慢慢的拉向空中，俯瞰著三個躺在雪地上的屍體。越拉越高、越拉越慢。最後，畫面停在一個山屋小點。

甚至沒有人知道，這裡發生過了什麼事情，只有三具屍體。就算是什麼轟轟烈烈，也已經不重要了～

故事讓我回想，我們是不是常常自以為的轟轟烈烈、刻骨銘心、愛到死去活來的情感，在光陰裡、在歲月下，只是驚鴻一瞥的火花，無關緊要。

當劇終，鏡頭用上帝的視角，在審視這一切的時候。前一秒，我還在跟著揪心刺骨。下一秒，從空中看著三個屍體，慢慢的被大雪覆蓋……

我突然感嘆：

「何苦呢？」

三、那些女孩教我的事

小弟習慣黑人牙膏、全亮白系列。

那天，家裡牙膏沒了，我去清早就開店的屈臣氏走走。

我拿了兩條全亮白。一條一二八，兩條二五六，完全沒有打折。

好吧，沒關係～

嘴巴都臭了，沒打折還是得買。

我拿到櫃檯結帳時候，女店員說到：

「這個目前沒有活動喔～原價購買可以嗎？」

我：

「好的，嘴都臭了……」

女店員：

「嗯…… 好的……」

我看看女店員後方，加購的商品。有三條一模一樣，包在一起的黑人牙膏全亮白。

我問到：

「那個是……？」

女店員說：

「哦，那是加購喔～～

三條黑人全亮白，只要九十九元～～～！！」

我：

「那我手上一條一二八，兩條二五六是……？」

女店員：

「不好意思～

後面要加購，才有這樣的價格喔～～～」

「三條一模一樣的全亮白，只要九十九元喔喔～～～～喔喔～～～～」

（那個回音，像是一記又一記的巴掌……打響著我的耳光……）

淦！

說時遲、那時快……

我急中生智……

想到航海王被套牢時候的策略……

攤平……！！

對！！

攤平就對了……！！！

真的是當頭棒喝啊！

我流下了羞恥和歡喜的眼淚…………

最後，我再加購三條黑人牙膏。所以，(99 + 128 + 128) ÷ 5= 71元，每一條全亮白，只要七十一元～～～

值得了……

我不枉此生了……

林北物理奧林匹亞國手沒白當了……

我非常高興、ㄓㄢˊ著輕盈的腳步回家，帶著戰利品，抱著一整排的牙膏……

用航海王教我的血淚故事，被套牢怎麼辦？？

歐印攤平就對了～～～😌😌😌

回到家後，姑娘看著我說到：

「你買這麼多牙膏幹嘛？櫃子裡還有啊……」

#沃草

國家圖書館出版品預行編目資料

初心——整形外科楊沂勳醫師的偏鄉隨筆2 / 楊沂勳 著
--初版-- 臺北市：博客思出版事業網：2023.1
面；　公分. --（現代散文；18）
ISBN 978-986-0762-40-2(平裝)

863.55　　111018321

現代散文 18

初心——整形外科楊沂勳醫師的偏鄉隨筆2

作　　者：楊沂勳
編　　輯：塗宇樵、古佳雯、楊容容
美　　編：塗宇樵
封面設計：塗宇樵
出　　版：博客思出版事業網
地　　址：臺北市中正區重慶南路1段121號8樓之14
電　　話：(02) 2331-1675 或 (02) 2331-1691
傳　　真：(02) 2382-6225
E - MAIL：bookspctv@gmail.com或books5w@yahoo.com.tw
網路書店：http://5w.com.tw/
https://www.pcstore.com.tw/yesbooks/
https://shopee.tw/books5w
博客來網路書店、博客思網路書店
三民書局、金石堂書店
經　　銷：聯合發行股份有限公司
電　　話：(02) 2917-8022　　傳真：(02) 2915-7212
劃撥戶名：蘭臺出版社　　帳號：18995335
香港代理：香港聯合零售有限公司
電　　話：(852) 2150-2100　　傳真：(852) 2356-0735
出版日期：2023年1月 初版
定　　價：新臺幣280元整（平裝）
ISBN：978-986-0762-40-2